文春文庫

飛ぶ孔雀

山尾悠子

文藝春秋

目次

I　飛ぶ孔雀

柳小橋界隈　一一
だいふく寺、桜、千手かんのん　一五
ひがし山　二〇
三角点　三〇
火種屋　四〇
岩牡蠣、低温調理　四三
飛ぶ孔雀、火を運ぶ女I　五三
飛ぶ孔雀、火を運ぶ女II　五五

II　不燃性について

移行　一一三
眠り　一一九
受難　一三〇
喫煙者たち　一四一

頭骨ラボ　一五六
井戸　一六九
窃盗　一七七
富籤《くじ》　一八七
修練ホテル　一九四
階段　二〇八
（偽）燈火　二一七
雲海　二二八
復路Ⅰ　二三七
復路Ⅱ　二四二
復路Ⅲ　二四七
燈火　二五一
解説　金井美恵子　二五四

飛ぶ孔雀

I　飛ぶ孔雀

柳小橋界隈

シブレ山の石切り場で事故があって、火は燃え難くなった。

大人たちがそう言うのを聞いて、少女のトエはそうかそうかと思っただけだったが、火は確かに燃え難くなっていた。まったく燃えないという訳ではないのだが、とにかくしんねりと燃え難い。すでに春で、暖房の火を使う場面はなかった。喫煙する祖母が奥の間で舌打ちするのを聞くことはあったものの、少女のトエにとってたちまち不自由が生じたのは煮炊きの場だった。七輪で火を熾《おこ》すにも場所を選ぶ必要があり、高い場所で試みたり、低い場所に移動してみたり、また日により時刻によって火の燃え難さには明らかな違いがあるらしく、まったく難儀なことではあった。狭い台所では空気が足りないとでもいうかのようだったので、トエは外の物干し場まで七輪を持ち出してみることがあった。下流に向けてどうどうと動いていく川の気配を全身で感じながら火箸を使っていると、いつものことだがまるで舟の艫《とも》に座っているようだと思う。中洲の最南端に細く突き出たこの場所は、少しの増水でも真っ先に水没してしまう場所であるから、物干し場の構造は何度も濁水に浸かった挙句の傷み放題、床板は波打ち、七輪とトエのかるい重さにも耐え難いようだった。

背後には階段状になってごたごたとバラックが積み重なり、その頭上に橋げたがある。家と家の隙間がなく、足場のような板を渡して道がわりにひとが使う、それらの住居をバラックと呼ぶことをトエは知っている。対照的に趣があるのは横に渡った石橋で、やなぎの欄干《らんかん》に石灯籠、このところ少し暗くなった気がしなくもない丸ガラスの街灯が並び、川面に枝葉の影のそよぎを落とす——京橋桜橋小橋なかけう橋、微妙に紛らわしい名の橋ばしが中洲の多いこのあたりに集中しているが、路面電車が通っているのはこの柳小橋だ。通過の振動とともに轟々と音がする、その通過はゆっくりで、夜にはわずかばかりの火花がぱっと架線に纏《まつ》わるのが見える。石切り場の事故があっても電気はまだ生きている。大人たちはそう言うのだったが、それでもトエの擦《す》る燐寸《マッチ》はへし折れるばかりでなかなか熱を持たず、多めの焚《た》きつけを使って騙しだまし熾した炭火はどう見ても火力に乏しかった。冬の寒風にも逆らう凜乎《りんこ》とした勢いはどこへ行ってしまったというのか、欠片ほどもなく、小鍋のべいかや小芋はぐじぐじと泡のたつ生煮えになった。

川下の方角にはしばらく前から春霞がたっていた。

ここから下流へ少し下ったあたりの両岸は町から離れて、ひろびろと空もひらけ、川舟を係留するための緑地となっている。遊びの舟に川漁の舟、学生の運動のための舟。海への出口は干拓地になった湾のさらに先にあって、岬の山が遮っているので、ここから見通すことはまったくできない。トエは川を知るばかりで海を知らない。

中洲の多いこのあたりまでわざわざ漕ぎ上ってくる舟は滅多にないが、あるとき物干し場へ近寄ってきた川舟があった。

――そこへ行ってもいいかな。

器用に漕ぎ寄せてきたひとは言い、トエがどのように返答すべきか迷ううちに勝手に舟を舫《もや》い、背を丸めてどんどんと石組みを登ってきた。低い手摺を跨《また》ぎ越すとき、予想以上の傷みようにたじろぐ様子だったが、狭い場所でするりとトエの脇に割り込むと、いかにも満足げな顔いろになった。

――ずっとここに来てみたかったんだ。

――ここは橋のうえから見える、川の両岸からもよく見えるでしょう。いつも見ていた。

その声が言うことだけ聞いていると、年齢もよくは知れないのだった。

――草が茂ったなとか。今日はいないな、とか。

背中に括《くく》りつけられて熟睡するいもうとの首がぐらつき、覗き込んでくる相手から庇うようにトエは赤ん坊の顔を反対へと向けた。見せてはならないと、咄嗟《とっさ》にそう思えたから。

二度目にそのひとは夜の川を渡ってきて、トエの恋びとになった。障子で隔てただけの明るい台所の奥にはラジオの音や大人たちの出入りする気配があったし、それより何より橋からも両岸からも丸見えのこの場所でと意識することがトエには恐ろしかった。

振動とともに路面電車が通過し、火花が散り、また通過した。視界の端では岸沿いのみちを照らしていく車のライトがひっきりなしに動いていたし、取り込み忘れた洗濯ものの隙間にほそい宵の月があった。燃え難くなった火を合図の目印としてそのひとはやって来るのであるから、トエは夜の川辺で火を焚いた。燐寸の燐《りん》がたけだけしく闇に発火し、焚きつけ紙を変色させて明るい炎がさっと走る。正常に燃え上がったその火が空気の澱みに触れて縮むとき、ばちんと大きな音がたつこともあった。怒りに任せ、命ずるうちに、練炭の表面に別種の青い炎が生まれた。たよりなくちりちりした赤い炭火を覆《おお》い隠し、二重映しになったあからさまに偽の青い火なのだった。それは気ままに膨れ上がり、髪を振り乱すようにせわしなく動きまわったが、明るいだけで熱というものがまるでなかった——トエは笑った。腹の底から太い笑いごえが出ていると感じた。

赤ん坊はいつの間にか肘を使ってずり這いするようになっていて、そうこうするうちに少なくともひとりが夜の川に落ちた。しかしまったく同じかおの赤ん坊は弟妹取り混ぜてあと三・四人はいるのであるから、気にすることは何もなかった。

町から北西の方角にシブレ山があり、今のところ誰も見ていないが、その石切り場は真っ暗だ。

だいふく寺、桜、千手かんのん

四季咲きの桜などという馬鹿なものがあって、盛夏厳冬の時期を除けばほんとうに馬鹿馬鹿しいほど年中咲き狂っている。

額の汗を押えながら、Kはじぶんが呆れた面持ちになっていることを感じていた。新緑のなかに真紅と朱赤と派手なオレンジ、紫が入り混じるという、これもまた馬鹿馬鹿しいほど毒々しい取り合わせのツツジの満開が終わり、初夏の陽気になっただいふく寺の境内には桜の花だけが残っていた。わざとのように悪趣味なツツジの配色もそうだが、宗派の始祖である上人の立像を屋根に届く巨大さで仕立てたり、芝の広場にアブストラクトと思しい彫刻を配したり、このごろではまた自棄《やけ》になったのか電飾用のコードが常緑の木々に巻きついている。日中の暑さの薄れた夕暮れどきにここを訪れる善男善女は、季節外れの桜とちらちら点滅する電飾とを同時に眺めるのだった。

本堂からも賑やかな売店からも何故か遠ざけられているが、奥まってわかりにくい位置に宝物倉がある。

「また籤《くじ》が当たったの。わたしとてもよく当たるのよ」連れのむすめが同じはなしを蒸しかえし、脱いだ草履《ぞうり》を片手で持って下足箱におさめた。「景品はそれは立派なものですけれど、当たると皆さんにお礼をしなければならないでしょう。それがたいへん」

簡素な出入り口に較べるとなかは思いのほか広く、二手四手六手十八手十一面千手の等身大のかんのん像が順に奥へ奥へと並んでいる。赤檜《あかひ》の素地を活かしたつくりなので、ぱっと見には現代彫刻が並ぶような按配、本堂のそれは秘仏で格子の奥を透かし見ることもできないが、ここではすべてがあからさまだ。ただしそれも窓のないこの場では電気の照明だけが頼りなのであって、先行きはまるで不透明なのだったが。

「まあ綺麗なお顔。でもお礼が」

菓子屋のむすめが要領を得ないことを言うのを尻目に、Kは頬杖をついた一面二臂《いちめんにひ》の坐像から二体目の立像のまえへと足を進めた。

美学だ造形だと御託をならべていたのはもっと若いころのはなしであって、まともな論文も書きそびれた身の上であるのだから、この場に戻ってくる正当な理由など何もなかった。それでも地熱が上がって新芽の萌える時分になるとじれじれと身のうちが落ち着かず、桜のいろが悪い熱を運ぶ病原菌の雲に見える。我ながらありきたりに過ぎる反応だとは思うものの、それからしばらく気管を患い、病み上がりに幟《のぼり》の立った参道へと足を向ける動機にはなった。道連れはつねに選び放題だったので、菓子屋に立ち寄るついでに声をかけたのは成りゆき任せだった。

四手のかんのんは差し出す二枚のてのひらと印相を結ぶ手とを優美に浮かし、その肩口は自然に納まって、目に立つような重複はない。

「事故のとき、シブレ山が左右ふたつに増えて」

熱心に喋る声は、ここではどこにいても筒抜けに聞こえてきた。春秋だけの公開を知る者は少しはいるらしく、他にもぽつぽつと拝観のひとかげがある。

うかうかと見れば個性も主張もないと感じられるほど、普通のにんげんのそれに近い伏し目になった顔――二手の坐像に四手の立像が並び、さらにその奥へと連なっていくどのかんのんも同じ彫り手で、奉納のためにまとめて製作されたものであるから、顔も衣文も透かし彫りの光背もいっそ複製《コピー》ということばを用いたくなるほど同じに統一されている。

「山がね、光るのが見えたって」

「前のときもひどかった、あのときは何しろマックイが来た」

「え、ああマックイ。虫なのね」

「石切り場が光って」

石屋の社長は湯治に逃げたかね、と声は続けて喋った。

六手のかんのんに昆虫を連想するのはもちろん見当違いなことであって、論文からも早々に消し去った筈、Kは思い出した。よくある八面六臂とは姿が違い、こちらのかんのんは軽く垂らした両腕の背後から二対の腕が触角のようにまえに出てきて、互いに印を切り結ぶ。

「まあ岡持ちも持たずに、こんなところで」

急に話しかけてきたのは少し年嵩《としかさ》のむすめで、菓子屋のむすめは先に気づいていたのか、手巾で汗を押えるふうに小腰をかがめた。互いに連れのいることで、相手はすぐ離れていったが、うなだれる様子の菓子屋のむすめは頰を紅潮させていた。

「当たり籤はお譲りすることもできるんですけれど、わざと受け取って頂けないの」小声になって、むすめが胸の晴れない顔で言った。

「あたしを困らせるおつもりなんですわ」

取り合うこともないとKは考えた。

おおむかしの仏師がどこからどう見ても増殖のイメージに捕らわれていた、バランスの造形に執心を持っていた、そのことを考えながら一面十八臂のかんのんを観る。千手がほぼ光背と化した最後のかんのんに至るまでのまだ途中だが、輪宝蓮華鏡斧剣などの持物を多く所持し、五指の表情でもってひとつひとつの違いを持った九手と九手がその起点を両肘としつつ、虚空の花のように群がり開く。どのてのひらもかおの大きさよりやや小さめなので、重くもなく軽くもなく、花のように昆虫のように空間に群がる。

水菓子の盛り籠、それから赤飯、折りに詰めた赤飯のイメージが急に浮かんだのは、橋詰め三階建ての菓子屋本店のことを思い出したからだった。干菓子を求めにKは立ち寄ったのだが、このところこれほど火が燃え難いのでは蒸し器もかけ難かろう、餡を練ることも難しかろうと思うのに、ガラスケースには薔薇調布などとふざけた新商品の名が貼り出されていた。

「消防団は暇なことでございます」

そのとき呑気らしく挨拶してきたのが店主だった。

夜にまた逢うと約束して別れたが、今から社中の手伝いに行くというむすめが向かった先には五月蠅《うるさ》くひかる新緑の渦、そして場違いな桜の雲があった。ちょうどそちらが北西らしく、山波の稜線にそこだけ送電塔のかぼそいシルエットが集中した山がある。もくもくと山が緑で丸く膨らむ季節だというのに、まるで針が立ったよう、山間に白く抉《えぐ》れた採石場がある様子もよく見えた。——夜更けてからまたしつこく咳が出た。和菓子屋のタエはもう帰ったあとで、闇に白い電気の粉を帯びたようなからだを持て余して輾転《てんてん》するうちに、やはり電気の量の多い石切り山はKの夢にもあらわれた。甲虫が羽根を開くようにそれはふたつに割れ、微妙な具合に重なりながら左右に並んだようだった。

ひがし山

橋をひとつ渡るたびに、確実にちからは増す。

まだ子どものヒワは密かにそう考えていた――期待、歓喜、充足、そのどれを取っても間違いのないことで、橋を渡ることと川を越えることのどちらに主眼があるのかよくわからない。ちからとは何であるのか、またそれをどのように使うのかもわからない、それでもたまの外出でくるまに乗せられるとき、前方に橋が近づくと、ああ、と自然に声が出る。走るくるまのスピードとともにやわやわとした白い炎に包まれるような感覚、それから川舟の帆柱が見え、水上に横たわる町のすがたが見える。

「けんちょうの屋上に旗が立ってる、二本」

その種のことをヒワが口にすると、同乗者のあいだにさっと緊張が走る。

「ああそうだねえ」

「ひいは勘がいい」

「ひのまるの旗と三角の旗」

さらに言ってみる。小さいヒワの意想内では大きな事態が忙しく進行しているのだ。

――しかしここ最近は大人たちの様子が違っている、社中の当番札が回ってきているとやらで忙しいらしく、充実のあまりうっすらと涙ぐむヒワのことは体よく放置されているのだった。

どこへ出かけても必ず帰ってくる場所、すなわちヒワたちの住居があるのは路面電車の終点に近いあたりで、むかし栄えた東の隣市に通じる峠が近いことを除いては特にこの場所が終点である理由はない。墓石だらけで斜面の全体が白っぽい山が幾つも連なり、焼き場があり、幾つかの町筋は社寺の門前町であった痕跡を残す。しかし今はどう見てもただの寂れた商店街、あるいはのっぺらと変化のない屋敷町であるのだから、全体として開発から取り残された不景気な場所であることは否めない。これらの光景はすべて古びた写真の束のようにしてヒワの脳内に存在するが、視覚を通して取り込んだものではない、そのことを近所の眼科の老医師にも総合病院の教授にもヒワは事情としてうまく説明することができなかった。弱視程度には見えているのか、そのように思われがちだったが、視力に関わるすべての検査結果はまったくはかばかしいものではなかった。

界隈では日中から黒い喪服の集団を見ることが珍しくない。墓参客めあての花屋の小店があり、八百屋でもスーパーでも樒《しきみ》や仏花の束を表に近いあたりに並べて売っている。古い医院の外庭にはメタセコイアの大木があり、お屋敷町には立派な黒松や洋式のシュロの木がある、でもヒワの住む家は便所の掃き出し窓の外に八ツ手とつわぶきが植わっているようなごく普通の家だ。

「子どもだから黒目が大きくてまっくろだ、この子は人中が深い」

両手の親指と人差し指でもってヒワの頬肉を摑んで引っ張ったりするのは、乱暴な若い叔母たちだ。他に誰も見ていないと思うときには、面白はんぶんぎゅうぎゅうと左右に引き伸ばす。

「鼻よりおでこと口のほうが高い。どちらかと言えば猿に似ている」「じんちゅうってわかる、わかるかな、鼻の下の縦に窪んだところよ」

すると、苛められて恨めしそうな上目遣いになった幼女のかおがヒワの脳内に出現する。短いおかっぱで黒々と立派な眉、軽いアトピーなのか頬の皮膚がかさかさと荒れている、それがつまりじぶんなのだとヒワは無意識に思っている。

当番札のせいでこのところ特に気が立っている叔母たちのことを、ふだんのヒワは体温の温度差として認識していた。あたりをうろうろと動き回る曖昧なひとがた、しきりに喋り散らしては互いに小競り合いをするが、興奮して発熱すると黄色とオレンジの等高線の中心からむらむらと大量の赤が湧き出してくる。そこに額や目鼻やらが生じて、激昂する女のかおのかたちに染まっていくのだが、ただし橙いろやら赤やらの色名をそれと結びつけてヒワが理解しているわけではない。普通と言っても別棟の離れがある程度にはひろい家にそのころ女ばかりの三世代、ヒワも勘定に入れるならば四世代が犇《ひしめ》いて暮らしていた。身内の男というものは「様子伺いにやって来る」もの、結婚して別に所帯を持っている若い叔父などはあからさまに腰が引けていて、上の叔母が出戻るのがあと少しでも早ければじしんの結婚もとばっちりを受けていたことだろう、誰かれがそう取り沙汰するのをヒワも聞いて知っていた。総領むすめとしてあたしが実家の跡を取る、ふたりきりの場で姉がおとうとを威嚇するところも聞いていて、それはすなわち嫁入り道具の家財がふた間も三間《みま》も占領して、たいした場所塞ぎになっているという現在の紛糾を意味しているのだった。上の叔母というのは婚礼からひと月たたずに出戻ってきたのだ。

ねえさんは新婚旅行で火山のある島へ行って、戻ってきたその足で婚家まで初めて挨拶に行ったのですってさ。お式も旅行も新居もこちらが丸抱えだったのだから、お相手がびんぼうなひとだと重々承知していたにしても——大金をかけて華やかだったという婚礼にヒワは出ていないので、これもはなしを洩れ聞くばかりだったが、邪魔になっている家財の一部でも処分してはと誰かが言い出すたびに上の叔母が狂ったようになるので、ヒワの曾祖母を筆頭とする年長者たちが腫れ物にさわるような扱いをするのも仕方がないと思えるのだった。

その日も路面電車の終点近くで喪服の集団に出会ったが、ここ最近は妙に困惑した様子の会話が洩れ聞こえてくることが多かった。中高併設の女子学園が近いので朝晩の人通りだけは多い、終点の乗降場というのは他と比べて特別な変わりがあるわけではない。車道の中央に路面より少し高くなった場所があり、かたちばかりの雨よけの屋根が設えられているだけだ。正面の山裾には古くからある小公園の噴水が顔を覗けていて、電車の軌道はその手前で斜めに逸れ、住宅地の陰になった操車場へと続いていく。

「夕方にでももういちど出直してくれと」

そのような言いかたで、焼き場帰りらしい喪服の一群は明らかに揉めているのだった。見ては駄目だよ、ヒワの手を引いて祖母は急ぎ足になり、家に帰り着くなり不快そうに眉根を寄せて仏間へと向かった。しかしその場のほとんどを占拠した簞笥《たんす》類のせいで出入りにも難渋する始末、線香の白檀《びやくだん》の香も満足には漂ってこなかったとヒワは記憶している――離れで長く寝たきりの曾祖母より先に、その祖母が逝ってしまうとは思いもしなかった。紛糾した葬儀のあとで夜通しかけて市中の橋という橋を渡る羽目になろうとは、そのとき予想できる筈もなかったのだった。

＊

何もわからないと思われていた曾祖母がはっきりと名指したのだった、その子が跡を取る、どうにかしたければとにかく橋を渡らせろと。灯明も灯らなければ焼香のけむりも燻《くゆ》らない、これほど極端なことは最近でも稀だと住職は終いまで機嫌がわるかった。前触れもない突然死で準備不足だったとはいえ、東山の自宅で通夜をおこなったことだけは明らかな間違いだった。いったい誰の発案でそのようなことになったのか、つけつけと怒る親族の誰かれが言うように、ただでさえ手狭になっている家うちから溢れた焼香客はあたり一帯のみちを埋め、近在の住人が自宅にくるまを入れることもできなくなっていたという。

これほどのひとが集まる立場というものを正しくわきまえていたのはおそらく故人だけ、誰もがそう考えたが、ともあれヒワは預けられた子であり隠された子でもあったので、翌日の葬儀にも出なかった。遠方から集まった男たちがいったいどのように差配したのか、葬儀の場所だけは広いところに差し替えていたそうで、中途中途でものを置きに戻ってくる者たちの気配をヒワは離れにいてずっと感じていた。曾祖母はうつらうつらするばかりで、届けられた昼食の折り詰めは手伝いの小母さんといっしょに食べた。

まだ誰も帰ってこないのはいくら何でもおかしいよ、小母さんがそう言い出したのは午後も遅くなってからだった。意識して待ち始めると時間が経つのはことさらのろのろと遅く感じられ、そのうち遠方から来た者たちがまずタクシーで戻り、列車の時間を言い訳にしながら手回り品を持ってすぐに辞去していった。それから何度も電話が鳴り、一台二台とくるまが帰ってきて正しい事情は知れたのだったが、それに比べれば上の叔母の元夫が弔問にあらわれなかったことなどはまったく別問題、些事に過ぎないようだった。

「たぶん夜までかかる」

「その頃になったら、もういちど来てくれと」

渡した心づけが足りないためでは、疑われた若い叔父が泣かんばかりに怒り、それでもまた様子を見に斎場へ引き返していった。さらに若く子どものような嫁は何もわからずおろおろし、ヒワの叔母たちは適当に爪弾きにして内輪で固まったり揉めたりしていた。若い叔父夫婦が雑用のひまに裏口の外で並んで座り、黙って庭を眺めていたことをヒワは密かに知っていた——大伯父や大伯母に当たるらしい老人たちも多人数来ていたし、別室で住職を待たせておくならば皆のぶんも含めて夜のお斎も必要、しかし急な注文を受けた仕出し屋はしぶる様子だった。家庭用の二つ口の焜炉《こんろ》ならばともかく、うちでは火の事情がちがうというのが言い分で、これは昨晩の寿司桶を引き取りに来ていたのだったが、どう見ても異様な分量を発注した上の叔母コトノへの追及が奥では始まっていた。

後になってヒワが思い浮かべたのは、毛玉を吐き出そうとするときの猫の様子だった。聞き苦しい嘔吐のこえを上げながら何度も空えずきを繰り返す猫、たぷたぷと肥えた腹とからだぜんたいがその内部に巨《おお》きな空洞を抱えた肉の袋であるというふうに、派手な収縮と蠕動《ぜんどう》を繰りかえす。渡り廊下の中途で急に這いつくばったときの上の叔母の様子は、確かにそれに似ていた。

おいヒー公、男のような口調でコトノ叔母は言い、そのときすでに夜だったが、葬儀は骨上げを残してまだ終わっていなかった。祭壇の設けられた母屋ではあまりに聞き苦しいと数人が連れ立って場を移してきたので、ヒワも聞いたし寝たきりの曾祖母も聞いていた。ガラス戸を両側に立てた渡り廊下の奥にふた間続きの座敷があるのだが、暗い戸外には竹のざわめく気配があり、土足兼用の通路にはいつになく多くの庭下駄とスリッパが並ぶことになった。皆のためを思ってこれほど一生懸命努めているのに、最初のうちコトノ叔母は哀れっぽいつくり声でいろいろと弁明していたものの、荷物で塞がれた仏間をはじめとして物証のおおさに言い逃れができず、身の程をわきまえるならばそもそも分不相応な当番札は返上するべきだったと指摘する者もあらわれた。「そのせいで母親の寿命を縮めたのではないか、そうは思わないのか」

父方と聞く年配者たちは褪《あ》せたような薄い水色と浅みどりのひとがたとしてヒワの目には見え、母屋で姿を垣間見た住職はところどころ妙な部分が派手なオレンジ、唾を飛ばす上の叔母のかおはやはり中心から大量の赤が湧出《ゆうしゅつ》する噴泉《ふんせん》のようだった。

子どもだと思って大目に見れば図に乗って、コトノ叔母は言い募った。

何度目かの焼き場への往復でほとんど壊れかけたような叔父が戻り、腸が弱くて体温のひくい叔父はいつでも薄むらさきに寒色の青のニュアンスが勝っているのだったが、そのとき眠っていると思われた曾祖母が口を開いたのだった。「どうにかしたければ、橋を渡らせるんだよ」「その子が跡を取る。言わなくても皆がわかっていることだろう」

「私のむすめは無念なことだったが、あれも研鑽《けんさん》が足りなかったのだ」

ほんとうは見えているくせに、母親を殺して生まれたくせに順を飛ばしてあたしの札を盗るつもりでいるのか。怒りで赤まだらになった上の叔母はそれから急にのどを膨らませ、べつの生き物になったとでもいうようにその場に這いつくばった。玉石を埋めてモルタルで均した渡り廊下の床に、スリッパが蹴散らされて散乱したなかに。曾祖母の布団の裾を踏み越えて追いかけてくるコトノ叔母から逃れようとして、ヒワは追いつかれたのだ。網代の天井には電灯がないのでその場は暗く、すぐに何人かが割って入ったので、本気で危害を加えられる心配があった訳ではなかったが。

「やだ、この子ペリット吐いてる」

別の叔母が意味のわからないことを言い、その隙に小さいヒワは小鳥のようになって裸足で庭へと飛んで逃げた。**ペリットを吐くあいだの女は動けない**、世界に無数に犇く小さな真理のひとつが縦書きの条文としてあたまに再生されたから。そのまま若い叔父のくるまに乗せられたのだったか、ヒワの記憶は曖昧になっている。夜の橋を渡る、夜の川を越えるとき、すべての開け放たれた窓から押し寄せる風のなかで子どものヒワは叫んだ。これほど強烈なことはなかった。若い叔父は前を向いて運転しながら泣いていて、これはあんまりだ何とかしなければ、しきりにそのようなことを言っていたが、叫ぶヒワのことを言うのではなかった。激しい擦過、小さなエレベーターを内部に持つ城の天守と夜の黒い川が一瞬だけ見え、険しい雲と月、どこかに摑まっていなければばらけてしまいそうだった。おかっぱの髪がどんどん伸びるらしく、毛先が目に入り口に入るのがわかり、すると次第しだいにいろいろの細部にピントが合ってきた。すでに幾つも渡ってきた橋という橋から夜空へ向けて、白い水蒸気のような放射光があがっている――湾を閉じて淡水湖とした南の大橋を渡っていきながら、ヒワは夢のようにそれを見た。見たとしか言いようのない知覚を持ったのだが、ほぼ鳥瞰図と呼んでもいい背の高い大橋からの眺めは三方向からやって来る夜の川を抱え、そのどこかに動物園があり植物園がある深夜の小都市はゆっくりと回転していく豪華なひかりの円盤のようだった。ヒワが初めて塔《タワー》を見たのもそのときのことで、浮遊する夜光性の蟻塚のような、あるいは地平の縁を歩いていく孤独な巨人のような、それは成長する力の象徴のようなものだと漠然と理解されたが、十全な理解に至るにはさらに十年から二十年の時間が必要となる。

「ああ、手間がかかったがようよう燃え尽きたよ」

八十年ほどむかし少女だった嫗《おうな》が未明の寝床に横たわったまま言った。

橋に燃える白い火をひとつひとつ回収しながら夜明けの路面電車の軌道へと戻るうち、月は傾き終点の乗降場が近づいて、また見る影は朧《おぼろ》のひがし山。

三角点

昔むかし、川に最後の渡し舟があり軽便鉄道が走っていた子どものころ、Kは山が光るのを見たことがある。あるいはむかし山のなかで、Kは国土地理院の男に出会ったことがある。握り飯の弁当を持って犬をつれ、三角点から次の三角点へとどこまでも歩きつづけるゲートル履きの男、あるいは犬殺しの男に。当日のことについては折に触れ何度も思い出しては反芻したので、記憶は誇張されあるいは改変されてしまったのかもしれない。そもそも山中に子どもがひとりでいたという状況自体があり得ない、それでも記憶のなかには妙に具体的な事物のイメージが数多く散らばっているのだった。

ひとつは基準三角点。
採集箱。ゴミムシ。むらさきの五三の桐。
フクロウの吐くペリット。ピンセットによるその解剖。
珍しいヒトツバタゴの木。ナンジャモンジャの木。
ごま塩のような犬。
シブレ山の近くにあるというシビレ山のこと。
いつも同じ窪地に落ちる雷。

水銀。電気石。

「どんどん降りていって角に自販機があるところまで出たら、そこからがげんじつなのだ」――男はそのようなことを言った気もするのだが、これもどうやら後になって付け足した記憶であるらしい。

あるいはまた次のようなイメージ。

山。三角点がある山なので、このあたりではつづみ山か筆耕山ということになる。緑ときみどりのクレヨンで幼児がほこほこと描いたお握り型の山、黄いろの渦巻きのお日様。

クレヨン画のなかの子ども、K。半ズボンの男児。本や図鑑で視覚的にいちど見たものは忘れない。

同じくクレヨン画の男。片頰に灰色を擦ったようなあざがあり、ドーランを襷《たすき》がけにしている。

オオカミのように三角の口を開いた犬。赤い舌、ぎざぎざの歯。

ぜんたいに紙芝居か、このような絵柄でもってあたまに浮かぶこともある。

山中に驚くほど大量のネコヤナギの綿毛が飛んでいたその日のこと、Kの記憶にある事の顚末《てんまつ》はおよそ以下のとおり。

＊

わずかな風の動きにも敏感に反応して漂いつづける白銀の綿毛は視界のあらゆる方向にあって、それは目の錯覚のような、それでも前髪に触れ鼻先を掠めるたびに払いのける動作を繰り返さずにはいられないのだった。見晴らしのある側にはむかし海と島々だったという地形が確かに見えていて、つづみ山にせよ筆耕山にせよ眺めは今もほとんど変わらない。ネコヤナギの綿毛は手にした虫眼鏡の表面にもこびりつくように絡み、子どものKはちょうどそのころレンズを使って日光の焦点を集める遊びを覚えたばかり——図鑑や本でいちど見た図版の内容は忘れない、そのような性質《たち》でも確かにあったから、国土地理院の名が刻まれた三等三角点についての知識もまたKの脳内に間違いなく存在したのだった。

「三角点の保全と見回りは、あらゆる土地を測量管理するわれわれの重責として条文化されているのだ」

「自然に破損したり、あるいは掘り出して盗んでいくような不埒者《ふらち》も以前にはいたようだからな」

そのようなことを男が言った記憶もうっすらとある。

それは一辺が十五センチほどの地味な柱石で、本の図版で見たのとまったくおなじ、実物は日曝し雨曝《ひざら》しでそれなりの風格がついている。ただし傍らにひっそりと転がっている小さな固まりについては、その正体をどのように思い巡らしてみても皆目見当もつかなかった。黒っぽい毛のようなものがぎっしりと絡みあった五センチほどの楕円の固まりで、内部に白くてかぼそい骨らしいものが混じっているのが見て取れる。三角点はそもそも観測に適した場所に置かれるものであるから、子どものKはそうした山中の場所にいた訳で、そしてひとりでまじまじと正体不明の物体を見つめていた。おそらくもうずいぶん以前からおなじ姿勢で——すっと視界をよぎる銀白の綿毛は凸レンズの白い焦点にも似て、ちらちらと今にも燃えつくよう、その日は確かに山が光りやすい条件にあったようだった。

拡大鏡の中央でしきりに黒い頭と前肢を動かしていた黒いゴミムシについては、とりあえず国土地理院の男が襷がけにして所持していた植物採集用のドーランにおさめられることになった。音をたてて閉じたドーランの横蓋には支給品のしるしであるのか、小さなむらさきの桐の紋があるのがくっきりと目の印象に残った。

男はネコヤナギの綿毛が飛び交う山から降りてきた。測量技師の作業着ではない、特徴のない平服にいかにも古めかしいゲートル履きで、そして弁当殻を包んでいた新聞紙を平らな地面に敷き、ざっと皺を伸ばした。「言うまでもないが、これはペリットだ」

真ん中に問題の物体を据え、その名称を男は口にした――記憶はいきなりそのように始まっていて、事実はそこまで唐突ではなかった、山火事になると叱責されて虫眼鏡を取り上げられたような覚えもあるのだったが、初めて聞く片仮名の名はそのときKの耳から脳へと入り込んで深く根を下ろしたようだった。

「有名なペリット社というのがある。ペリットを専門に収集販売する会社のことで、それは国内にはない、海外にある」

Pellets, Inc. と男は尖った石の先端を使って地面に書いた。

「聞いたはなしだが、熟練者の優秀なペリット収集人たちを社員として雇い入れているのだそうだ。さぞかし高給をもって遇しているのだろうが、それにしてもこの商売が会社組織として成り立つということは、それだけペリットの解体を好んで打ち込む者が多いことを意味している。何も専門の学者に限ったことではないのだ。そして学校の児童にペリットの解剖を行なわせているとも聞くが、実に有益で興味深い授業だといえるだろうな」

説明口調で語りつづける男は若いとも年取っているとも子どものKには判別がつき難かった。刈り上げた短髪で、左の頬骨のたかいところに肝斑《かんぱん》のような濃い灰色の痣《あざ》がある。それはひどく目立つという訳でもないのに、見れば見るほど痣が男であり男が痣であるように思われた。よくひかるピンセットはいつの間にか男の右手で自在に扱われていて、最初からずっと握っていたようにも思われるのだった。

「周知の事実だが、フクロウなりミミズクなりは獲物の小動物を丸呑みにする」熟練社員にも劣らないと思われる手業でペリットの解体を進めながら、男は言うのだった。「ネズミにモグラ、ミミズ、鳥なども手当たり次第だ。未消化の残滓は胃のなかで繭のようなかたちにまとめて、ずいぶんと苦労しながら吐き戻す。尖った骨で食道を傷つけないためだが、そんなことよりも結果としてペリットの内部に骨格標本の丸ごと一式が含まれていること、そこが何にも勝る魅力なのだ。歯で嚙み砕かれていないことも好条件と言えるし、それに余分なものは消化液で綺麗さっぱり洗い晒された状態になっているからな——たとえばこのように」

黒い獣毛が丹念にほぐされ、特徴的な二枚の前歯が突き出た白い頭骨がまず選別された。こまかい上にもこまかい背骨から尻尾にかけてのピース、左右対称の肋骨の一式などが一個ずついっぽんずつピンセットの先で揃えられていく。関節を咬んだほそい骨のミニチュアじみた精巧さなどは意外にも惚れ惚れするような代物で、前肢後肢は指をひろげたかたちに整えられた。ペリットとして吐き出されたのはネズミの残骸、その骨格標本であることは子どものKの目にも明らかだった。他にも昆虫のキチン質の欠片や丸ごとの肢、バッタの羽根などもあって、これは獣毛のひと山とは別の片隅に選り分けられた。一部始終を無論のことKは固唾を吞んで見つめていたが、しかし相当の時間をかけてここまでしておきながら、当の本人は明らかに不満げな様子で、たかがネズミ一匹と不服を口にするのだった。

「複数の個体、せめて三匹ほどもいればな」灰色の痣の男は言うのだった。「その場合、小骨のピースは総数三百あまりになる。分類作業に煩雑な旨みが生じるのは、最低限そこからと言えるのだ」

奴の巣ならばそこにある、綿毛が飛び交う空中の一方向を男は妙にながい人差し指でもって指し示した。つられてKが見ると、今までまったく気づかなかったのが不思議なほどのつい近くにいちめんが真っ白に冠雪したような姿の若緑の大木があった。この季節に多い、繊細で地味な房状の花がちょうど満開になったところと思われたが、全体にもくもくと膨らんだ白い雲のように見えるこのような木をKは図鑑でもどこでも他に見た覚えがなかった。陽光の筋目をつけた葉叢《はむら》が羽毛の迷彩のようになっていて、奥に何か見つかるどころではない。ネコヤナギの綿毛の飛散とこのような珍しい木の満開の時期が一致したこと、それ自体が何らかの符合であるようにも思われてくるのだった。

「モクセイ科ヒトツバタゴ属、洋名はChinese Fringe Tree。別名ナンジャモンジャの木ともいう」何でも知っているらしい国土地理院の男はさらに説明をつづけた。

「希少種で名のわかり難い木は何でもそう呼ばれるので、不審がる必要はない。クスノキのようなありふれた木でさえ、ナンジャモンジャと呼ばれることもあるくらいだからな。特にこのヒトツバタゴについて言うならば、これは絶滅危惧II類だ。希少のなかでも希少、全国でどこに群落があるかほとんど把握されている」次第しだいに早口になっていた。「ひとつ葉と呼ぶのはこの葉のかたちからで、トネリコに似ていても違うのはそこのところだ。ついでに言えば雌雄異株、花は見てのとおりの円錐形の集散花序。一片ずつを見るならプロペラ状であるとも言える。楕円の実がついて、秋には熟して黒くなる」

「さてとこれだけいろいろ教えてきたが、それでおまえはおれに何を教えてくれるのかな」男はKに向かって言った。

山は静かで、ウグイスの谷渡りが谺《こだま》をかえした。ツピツピと鳴くシジュウカラのこえがあり、どの方角を見ても舞い飛ぶ綿毛と明るい山と空があるばかり。見晴らしのある側では、少し霞んだ土地の起伏のあちこちに鉄道の線路や溜め池の光る面、看板を立てた工場の建屋などが小さく小さく張り付いて、そこまで降りていかなければげんじつはないような――今さらのように心ぼそさが押し寄せ、子どものKの目はさらにうろうろとあたりを見渡した。三角点の石標の脇には新聞紙とネズミの骨格標本、ドーランを襷がけにした男はヒトツバタゴの大木とおなじ方角に立っていて、そうした光景のなかにいつの間にか一頭の犬がいた。最初からそこにいたというのか、黒灰混じりのごま塩のような粗い毛並みの犬で、地面に尻をつけて座っている。その様子がどうも何やら古い図版で見たことがあるような、男の連れた犬であるらしく、重い首輪をつけた犬特有の諦念をたたえた黄色い目がじっとKを見返した。

「これは絶滅種の」軽くどもりながらKは教えた。「雑種のオオカミイヌだ」

一瞬の間をおいて、山が光ったと思った。

山ぜんたいが二重にぶれて、しかし誤りを修正する力のほうが大きいとでもいうように、一瞬後には元に戻った。ぱちんと音がたって、伸ばしたゴムが元に戻ったようだった。

「シブレ山の近くにシビレ山というのがある」

何事もなかったかのように男が喋っていた。「古くは丹を産した、つまり水銀だが。そのせいでシビレが出る、だから名づけの元になったのだ。だいじゃが出るというのはもちろんシビレ山のほうだ。雷は高い梢に落ちるものだが、ある種の山ではおなじ窪地に何度も落ちる。おれはよくそれを見てきたものだ」

「先のは惜しいがほんの少し違っていた」そして男は言うのだった。「さて次は何を教えてくれるのかな」

犬は地べたからいなくなっていて、もともとそこには何もいなかったように見えた。

「犬は」Kは訊ねた。鑑識を貶されたのがどうにも不満だった。

「犬などいない。おれのドーランには電気石がたくさん入っている。石切り場で採ってきたのだ」

両手で持って、男はがらがらと音をたてた。「どうだ、電気石の音だろう」

顔の脇で揺さぶってみせるので、灰色の痣のある男の顔とドーランとが横に並んでみえた。ゴミムシの心配をしながらそれを見たが、さてドーランには桐の紋がある。「紋がちがう」声を張りあげてKは教えた。「正しくは、青地に白の五七の桐だ」

今度は山は光らなかった。

男がいなくなって、その代わりに先刻の犬が地面に尻をつけて座っていた。飛ぶ綿毛、そして白い雲のようにもくもくと開花したヒトツバタゴの木は元のまま、よく見ると咲き極まって黄変を始めた爪の切り屑ほどの花弁をはらはらはらはらと、犬と地面のうえに落としているのだった。

「我が名はかんてつ号」クレヨン画になった犬が尋常に名のりをした。「父はやとのがんてつ号、母はふじとの琴女」

「それでは雑種ではなかったのか」

「小僧のおまえを喰って腹の足しにしてもいいのだが、今日のところは見逃してやる。おれにはかたきと狙う天敵がいる、それは犬殺しだよ」

偽の紋をつけた男のことかと漠然と了解したが、その日を最後にKは白い雲のように開花するヒトツバタゴの実物を二度と見ない。のちに詳しい植物図鑑で見つけたときには深い満足を覚えたものだ。大人になるにつれ左の頬のたかいところに肝斑のような痣が現われ、灰色が濃くなった。犬は大きいのも小さいのも飼うことはない、シビレ山にはだいじゃと雷の見物にいちど行ってみたいものだとKはずっと考えている。

火種屋

角に自販機も置いている煙草屋であるが、奥は小体《こてい》な雑貨屋も兼ねて、このごろでは火種も扱っている。小銭を渡して火種を買う、紙縒《こよ》りの先に移した火を受け取ってその場で煙草に吸いつけていく男たちもいるが、持ち帰るための火種ならば個別の容器に入れて売っている。むかしからほそぼそ扱いがあったと言う者もいる。

それは火種などではない、灰式カイロのことを取り違えているのだと言う者もいる。木炭末に保温性のたかい茄子の茎の灰や桐の灰を混ぜ、通気孔の開いた金属容器内で燃焼させるカイロ、あるいは白金触媒式カイロのことを思い違いしているのだろうと。しかし別の者たちは祖母たちの愛用していた火種入れのことを漠然と思い出す。主にローソクや線香に点火するときのため、彼女たちが信玄袋に入れて常に携帯していたもののことを。それはちょうど小型の香合ほどの大きさで、丸く平たく、金属製のものがほとんどだが、陶器の品もしばしば見受けられる。中身の灰や火がこぼれ出ないよう、蝶番のついた丸い蓋はぱふ、と音をたてて閉じる。バネになった金具が蓋を噛んで固定されるためで、反対に開くときには、爪の先でつまみの小さい金具を軽く引きながら開けることになる。

ぽっぽと燃える火は確かに燃え難くなったが、芯に籠る火はかえって消え難くなった。丸眼鏡の真鍮《しんちゆう》製のヤマを鼻筋に食い込ませた火種屋はそのように見解を述べるのだった。坊主頭の火種屋はすなわち煙草屋の親爺であるが、まるで目晦《めくら》ましのように丸眼鏡の左右どちらかが白く反射するので、その人相は今ひとつ測りがたい。坊主の側頭部にめだつ白癜《しろなまず》は刃傷沙汰の痕だという説もあるが、真相はやはり定かではない。

いちど購入した火種がどれほどのあいだ消えずに保つか、それもまたさまざまだ。ひと月ほど置き忘れていた火種の灰入れを次の月命日になって改めてみると、汚れて固まった灰のなかで針先ほどの火が生き残っているようなことも稀にはある。灰入れは自前のものを用意する者もいるが、そもそもが安価なものであるので、火種を買いに行くたびに容器ごと交換していく場合も多い。祖母や伯母たちが携帯する銀いろの灰入れが、いつの間にか白い艶消し陶器のものに替わっていたり、始終違っているのを見るのはそのためだ。仏具店でも扱いがあるが、町筋まで出向かなければならないので、角の煙草屋が便利に利用されている。

煤で真っ黒になった桶のなかで火種用の火を熾す、土間のひと隅で行なわれるその作業ならば特に珍しくもないので、おそらくは多くの者の目に触れているものと思われる。言われてみればどこかで見たような、と思い出す者もあるかもしれない。この場合の火は必ず石による切り火で熾されるのであって、大型の桶に敷かれたひと山のシュロの繊維が弾けるようにぱっと引火したこと。いちどきに燃え上がるようでいて、しかし繊維の炎はじきに点々とばらけ、大小の枝火となってしまうのであること。そこから荒っぽい解体の手つきでもって火は順次切り分けられ、小分けにされていく。器用に操られる黒いやっとこ。それは確かにやっとこだった。

小銭を出して今日も火種を買う。紙縒りの先に移した火を手渡しで受け取り、煙草のガラス棚に片肘ついた親爺のかおを見る。陽射しのせいで円レンズの片方が白く燃え上がるように反射するので、その人相はやはり測りがたいが、たまに眼鏡を外して昼寝しているところを見かけるときは別だ。ただしそれには少しだけ条件があって、火の番である火種屋が眠っているときはその場の時間の流れが停滞するのであるらしい——それもかなりの度合いで。一見したところ燃える火の桶は薄暗い土間に置き放され、奥の小座敷で寝倒れている親爺のことはともかくとして、妙な黒い犬が火を咥《くわ》えて逃げ出す姿勢のまま静止していたりするのだ。餓《が》、と烈しく火を噛んだ犬の鼻づらには深い肉皺が寄り、数本の髭が焦げて白煙が纏わっている。

ぱふ、と音をたてて夢の蓋が閉じる。

岩牡蠣、低温調理

気づいてみればすでに盛夏だ。

以下は醜男《ぶおとこ》のPの話。

かつての同級生が未亡人になり、子どももいないし暇で仕方がないので遊びに来てくれとしきりに誘ってくる。そこでPと暇な数人で連れ立って行ってみることにしたのだが、勝手を知る者の案内で着いた先は隣市の不便な山中ながら、これがなかなかの豪邸なのだった。何もないと思っていた近場の山中に、いつの間にか妙に見栄えのいい小洒落た住宅地が造成されていたことにもPは驚いた。同行の背の高い人妻と背の低い人妻はあからさまにはしゃいで、いろいろとよく喋る。先ごろ病死したという同級生の連れあいのことをPは何も知らないが、遠国の外国人であった由で、互いに今ひとつ言語が通じないまま結婚していたのだそうだ。

出迎えた未亡人が今日はエプロン掛けの若い男を従えているので、人妻ふたりは今度はあからさまに愕然としていた。「お友だち、シェフなの。出張を頼んだのよ」未亡人のLがにこやかに説明し、腑に落ちない表情ながらふたりは納得したようだった。「シャンパンよシャンパンを飲むのよ、いつものをね。Pさん悪いわね」背の低い人妻が来る道々ずっと言い続けていたことをまた口にした。運転手役のPは風貌に似合わずひどい下戸で、そこは気にはならないのだった。

一階で見たのは畳の座敷だったが、そのまま上階へ案内されると、南向きの端から端までがガラス張りになった広くて眺めのいい場所に出た。骨董家具だらけのギャラリーと展望室を兼ねたような按配の洋室で、谺の返りそうなひと隅にバーカウンターがあり、その奥に厨房があるらしい。食前酒のグラスが用意されていたが、人妻たちは解き放たれたような勢いでガラス越しの景観へと駆け寄った。

「ああやっぱりここへ来ると落ち着くわ」——深呼吸するように、芝居がかった調子で背の高い人妻が言った。こちらはいかにも夏ものらしくシャリ感と透けの入った生地の和服姿で、Pさんお宅はどのあたり、声をかけられ、ざっと見渡してふたつの市と隣接の町がいちどに見えているようだとPも思っていたところだったので、曖昧に思いついた方向を指差した。

「それじゃほんとに近いのね」

「高速の分岐がちょうどこの下でしょう、ほらね、うちのがいつも仕事でここを通るたびに、Lちゃんのいえが見えると言うの」

「旦那さんもいちどここへ来たことがあるものね。あのときもあなた、きものだったね」

「Lちゃんたちにすごく褒めてもらって。今日もね、その思い出にと思って」

「夏ものまで持ってるひとはあまりいないよね。浴衣ならともかく」

「でもこれ、皺になるしお茶席には向かないのよね」

Pは同窓会で久々に会ったというだけの縁だったが、女三人は部活がいっしょであった由で、ずっと交流があった様子だった。さほど親しいわけでもないPが今回誘われたのは、気安く声をかけやすいタイプだということと、たまたまここから比較的近いところに住んでいると発覚したことが大きかった。外のテラスには日除けのパラソルを広げたガーデンチェアのセットも幾つか出ていて、ほとんど何かの店舗のようだったが、空調のよく効いた涼しい場所からわざわざ出ていく者はいないのだった。

厨房の料理人に声をかけながら行き来する未亡人のLは女らしいラインのワンピース姿で、合い間合い間にPと人妻たちに部屋の調度の説明をしたり、食前酒を口に運んだりしていた。仰々しく感じられる西洋骨董についてPは疎いのだったが、ブロンズの人魚が胸を反らして小卓の天板を支えるような趣味の品も多々混じり、お約束の古伊万里と象牙の根付のコレクションなどもある。書き物机が故人の生前そのままになっていると説明を受けるころにはとっぷりと日が暮れて、戸外の景色は灯りを浮かべた夜景へと移行しつつあった。

冷たい前菜いろいろとシャンパンのあとで薄くスライスした岩牡蠣のマリネが出た。

オイルを添えたパンとサラダに手土産のワイン各種も供され、女たちはたやすく酔いを発するのだった。――「まえに海の幸の盛り合わせを出してもらったことがあったよね、あれは豪華だったなあ」「あれはまた秋になったらね」卓を囲んだLが応え、生牡蠣は大丈夫かしらとPに向かって尋ねた。

「牡蠣の身がね、ほそながいのと窪んだのと丸いの、茹で海老とそれから子持ちの蟹、ほとんどそれだけでお腹がいっぱいになるくらい」「この岩牡蠣はすごく大きいのね、手のひらの半分くらいあるんじゃない」「ガスレンジの調子が悪くて今日は手の込んだ料理が出せないのよ、ごめんね」Lが言った。

「ガスがおかしいというひとがいるけれど、うちは全然そんなことないわ」背の低い人妻が憤然として言った。「でもね、ここの台所はすごいのよ」一方の人妻が口を挟んだが、話題を逸らすふうでもあった。「ぜんぶ業務用でね、レンジの火口《ほくち》なんか二重になっているの」

「掃除が難しいよね、それ」「ふつうの清掃業者では手に負えないみたい、専門の業者がいるのよ」「まあそれじゃいつもひと任せなのかしら」「オーブンなんかもほんとすごい、他で見たことない」「ソーダサイフォンって、実物は案外小さいのね」――そこへ白い皿に抽象画を描いたような肉料理がやって来て、早速ナイフを入れ口に運ぶとこれが珍しい食感なのだった。

「低温調理だけど珍しくないよ」皿を運んできたLが言った。「ほとんどなまみたいでしょ、でも火は通っているから」

「それってどういうの。聞いてない」

「あ、駄目だった？　ごめんね」

ほんとにごめんねと繰り返すLの顔いろが変わっていくので、Pはやや驚いた。卓上に犇く皿の品数はすでに食べきれない量になっていたが、言われてみれば湯気のたつ種類の料理は何もなかった。「いや旨いですよ、これはどんな調理法なの」巻き髪が邪魔にならないようひとつに纏《まと》めたLは、それでも不安げな表情のままだった。女のことに目が行くPははなから気づいていたが、睫毛などにも流行りの人工的な手が加わっている。「低温ねえ、くるまだってこの頃はエンジンがかかり難いし。あれも要するに点火させる訳だから」

「え、帰りは大丈夫なの。困るわ」

反射的に人妻たちが声をあげた。厨房で音がして、Lが立って行った。

「同窓会のときも急に途中で帰ったでしょ、やっぱりまだ引き摺《ず》ってる」背の高い人妻が小声で言い、見ると意外にもうっすら涙ぐんでいるのだった。「わたしたちよくここで会ってたの。ご主人がくるまを出してくれて、そこのS公園で遊んだこともあったし」

「そうそう、いつもご馳走してもらって」片割れが賛同した。「市立大学のせんせいだったのよ。うちの息子は県立だけど」

「Pさんまたこうやってお付き合いしてやってね。ひとを呼んでご馳走するのが好きなのよ、だからご馳走させればいいの」

「そうなのよ。料理が好きなんだから」

「Lちゃんが通訳してくれて、いつも皆でいっしょにお喋りしてたの。亡くなるなんてかわいそう」

「ほんと急な病気だったから。Lちゃんかわいそう」

かわいそうと唱和するふたりは仲良く涙ぐんでいて、しかしシェフを伴って未亡人の同級生が戻ってくると様子が変わるのだった。

肉の火入れ法について説明を始めた料理人はまだうら若く、熱を加えて蛋白質の凝固が始まる温度、まずその講釈から始めて、肉のストレスだのルポゼだのと言うころにはほとんど噛みそうになっていた。

「肉の断面にだけ低温の熱をあたえて、反対側は休ませている状態にするんです。休憩、そうして充分に時間をかけることで――」

「真空パックを使う真空調理のやりかたもあるのよね、それも低温調理なの」Lが口を添え、人妻たちは興味を示した。「ええっとね、真空パックにしたお肉を六十五度とか、せいぜい八十度くらいのお湯に入れるの。温度は肉の種類と分量にもよるんだけれど、それでその温度をずっと保つの。時間はやっぱり温度や分量によるんだけれど、こう何だかね、理科の実験をやっているみたい」「そう聞くと簡単かも、でも真空パックって」「ストローで空気を吸い出すのでもいいのよ」――料理人はうなだれ、Pは店の名を尋ねた。

「Lさんは昔からよく来て下さるんです。ひとを集めてくれるし」若い料理人は訥々としゃべった。「じぶんはそのころ別の店で、窯のピザ焼きとかイタリアンをやっていて、そこへLさんが」

ひとりが手洗いに行こうとして立ち止まり、今年は夏の花火がないかもと言った。皆がいっせいに夜景をみた。

釣り下がった照明とそれぞれが華やかに装った女たち、振り向いた姿勢の不細工なPと仕事着の料理人、全員のすがたが夜のガラス面に映し出されていた。着いたときは日暮れまえだったが、今は真っ暗な平地に不均一にばら撒《ま》かれた灯りの地図が外にある。このところ夜間営業がなくなっている球場の輪郭や、S公園の矩形《くけい》の敷地が手近なあたりですぐに見分けられ、眼下の高速道路は山裾にあるので、インター付近の照明の列と動いていくヘッドライトのごく一部分が見えるだけだ。そしてPは考えたのだが、この白いテラスのある家は実際のところ相当遠くからでも見えているのではないか、ふとそのように思えたのだった。特徴のある家の外観ならば、来る途中のインターの下あたりですでに見覚えていた。山の中腹に造成された宅地の最前列にこの二階のガラス面がずらりと並び、テラスと白い塀があるという――のちに思ったとおりPは隣接の町のさらに隣りの町にいて、どうやら見覚えのある遠い山腹の住宅群とその最前列の白い塀をまじまじと見つめることになる。

「去年の花火があるよ、あとで花火をしよう」Lが宣言した。

ええそれは、だってほら火が燃え難いよ、ひとりが渋ったが、どことなくちぐはぐなその夜の締めくくりとしてすべては予め定められていたことのようだった。「それよりエスプレッソよエスプレッソを飲むのよ、いつものエスプレッソマシンのをね」酔った片方が特に意味もなくくだを巻き、それでも結局行なわれたテラスでの花火は確かにこれもまた理科の実験に似たのだった。――去年のローソクに点した火は驚くほど長く太く空中へ伸び上がり、わくわくと動揺しつつ先端からめらりと黒い煤を吐いた。それらは一瞬のうちに消失し、今のはいったい何だったのかと思えるほどだったが、しかしあとには針先のような燃え屑が残るばかりなので、Lと人妻たちは暗いテラスを歩き回って火の燃えやすい場所を探した。――「あっほらここ、燃えるよ」百円ライターの火が花火の先紙に燃え移り、白い煙が上がって明るい火花の滝が少量だけこぼれ出た。ふたりが線香花火の先を寄せ、Pはただ見ていただけなのだが、点火して丸まった火玉は小規模ながら低速度撮影のような勢いで松葉を撒き散らした。やなぎに散り菊とひと息に変化するので、早送りのようでかわいいと女たちには受けがよく、見えない闇にぶつかって跳ね飛ばされるネズミ花火などもあって、何かの密度がちがうとでも言いたげに各場所ではっきりと発火状況の差があるのは面妖なことだった。

些細なことながら、Pは最初のローソクの火が気になった。暗い隅に捨て置かれていたのだが、いつの間にか極小サイズの炎が息を吹き返していて、それが視界に入るたびに何故か単独で暗い床に落ちていたり、あるいはまた横向きのような逆さのような、何とも違和感のある角度になっていたりする。まったく目立たないほど小さいのに、何かひとりで芸でもしているようなのだった。

ほら見て面白ーい、うたうように節をつけてLが言った。

フェンスから外へ腕を突き出してリズミカルにライターの火の出し入れをしているのだったが、谺が返るように、満目の灯りに満ちた夜景のどこかで確かに呼応するものがあった。もっとも遠く、誰でも知っている山頂の電波中継塔の灯が百円ライターの火と重なりあって点滅している、覚束なくPがそう思ううちに、今度は眼下の市営球場がうっすらと明るくなった。目をやると、三基を数える夜間照明の部分部分が浅い呼吸をするかのようにてらてらと明滅していて、「きょうはそこが反応するんだ、煙草を吸いにここへ出てきて発見したのよ」Lが言い、さすがにまずいと考えたのか音をたてて火蓋を閉じた。と同時に、夜景のおよそ半分ほどの電気の灯りがいきなり消失した。今までの光景が激変し、広範囲にわたる停電の瞬間というものをPも初めてみたので何しろびっくりしたのだったが、ちょうどこちらの市の中心部と思われる広い一帯が今は闇の海、真っ暗になっている。Lも慌てたふうにしていたものの、ライターはもはや点火すらしないのだった。

「Lさんあなたというひとは」──いつの間にかテラスに来ていた若い料理人が暗く打ち沈んだ声で言った。

それから停電地帯とは反対側の駅まで人妻ふたりを送っていく道中、エンジンのスターターが無事に作動したことすら僥倖《ぎょうこう》とPには思えたのだったが、人妻たちの話題はもっぱら料理人の件に終始していた。残りものの料理で手提げの紙袋をいっぱいにしたふたりが基本的に満足していたことは確かであって、それにしてもあれはいったい何なのよ、そのような言い方であげつらう対象はテラスで目撃した光景でなく、その後の若い料理人の不遜《ふそん》とも思われた態度なのだった。しかしLはといえば土産ものの手配のあいだもころころと笑い転げていて、先の不安げだった様子はそのとき拭い去ったようになくなっていた。直接聞いた店の名ならば三人ともが知っていて、地元では臨時休業が多くなっている店の一軒だと思われたが、いろいろ憶測逞《たくま》しくするうちに帰路の行程はすらすらと進み、早くも駅の正面に着いた。田舎の駅では終電もはやく、バッグと紙袋を提げたふたりは礼を言うのもそこそこに構内へと消えていき、言われてみればしきりに煩《うるさ》いアナウンスが聞こえていたと後になってからPは思い出した。

電話が無事通じるようならば近ぢかまた呼び出しがある筈なので、やや戦々恐々としながらPは待っている。

飛ぶ孔雀、火を運ぶ女Ⅰ

川中島Q庭園での夏の大寄せが、夜に至って魔界と化すこと。意外に孔雀は飛ぶ。その烈しい風切り音は泥棒避けとして充分に有効である。盗みの対象はこの場合、火、だった。

夜の回遊。


「導きの書はこの『灰之書』ですよ、お忘れなきように」赤い細縁眼鏡のP夫人が言う。巴の灰形を描いた素焼きの半田を手に持っていて、表面には底取りと長火箸が筋交いに置かれている。その様子はいつもと違い、まるでスポットライトが当たっているかのようだ。

続けて数人がそれぞれの台詞を口にする。

「とらじがここにいれば面白かったのに、残念だねぇ」ことら社長が上腕二頭筋僧帽筋三角筋の隆起した肌を仕舞いながら言う。仁王立ちのきものの裾には若い娘たちが鈴生りになって、うっとりと目を潤ませている。

「ちっバンカーかよ」スワンが言う。スワンは三本白線の制服の女子高生であり妹でもある。部活の制約があるので、スカート丈は不本意ながら穏当な膝丈になっている。

「釜の火を絶やした以上、わたしは眠るしかないのですね」離婚したばかりの腺病質の若せんせいが言う。そしてほんとうに眠ってしまう、火の到着を待ついばら姫のように。

空洞君は石灯籠であるので、何も喋らない。いくら待っても喋らない。たぶん待っている限りは。

飛ぶ孔雀は飾り羽根を畳み、下から茶色の風切り羽根の列をあらわして烈しく飛翔する。苛烈な羽音、艶やかな光沢のある青い首を低く伸ばし、闇の奥から不意をついてあらわれる。その目は狂気であり凶器、異形の縁取りは血の赤。

夜の芝、夜の増殖。

＊

禁忌は次のように伝えられた。

目的地に至るまで芝を踏んではならない。後悔することになる。

止め石、別名関守石に注意。これは常識中の常識。

園内唯一の乗り物である作業用トラクターは使用禁止。荷台つきのスクーター程度の操作で運転できるが、とにかく使用は禁止。

話しかけられたら、応えるのが礼儀。

口笛を吹いてはならない。頭上にオーロラ、もしくは類似のものが来る。

地面に火を落としたらそこで終わり。

大温室はこの件に何の関係もない。関係がないので立ち寄る理由は何もない、と思われる。

いろいろあるが、とにかく**芝を踏むな**。育成中だから。

おおよそのところ以上のように禁忌は伝えられ、ふたりの娘がそれを聞いた。ひとりは恋をしていて、目的地のつい目前まで至ったところで眠りに落ちた。ひとりは知力を試しに行き、かの地を軽く蹴散らした。

飛ぶ孔雀、火を運ぶ女Ⅱ

これは芝の孔雀の話、タエという娘が芝の孔雀となる話。

「予兆でいっぱい」

髪を梳《す》き流しながら娘たちのひとりが言った。夏のことであるからきものは絽《ろ》の柔らかもの、雨戸を外して四方吹き抜けとなった涼しい板間に数人ずつ立ったり座ったり、抱き合って指を絡めながら炎天下の日本庭園を眺める者たちもあった。

「ありきたりだけれど、月と火星が接近しているのよ」

「夏のお菓子は寒天、葛に琥珀ね。石の沈黙は世界共通語よ」

「それでも水屋にはビニールシートだのポリバケツだの、耐え難いものが犇いているわ」

「湯治場土産のヘレンドの茶器まであるのよ、ここに。買った日にアルミニウム工場の汚泥が流出する事故が」

ブランド品の包装紙や紙箱が散乱するなかに唐子の取手がついた極彩色の茶器が傾き、その向こうでは五十年配の女がそろそろとじぶんの頬を撫ぜている。

「皮膚は今でも白いままだけれど、こんなに薄く柔らかくなってしまったの。ほら、指がめり込むほど」

「ねえ、ほんとうに私たちどうなってしまうのかしら」

ひとりの娘が年配の女の背中をさすりながら言う。するとふたりが急に振り向いてこちらを見る、赤い細縁眼鏡をかけた年嵩の女と娘の顔は奇妙に似通っているが、それでも赤の他人同士だということは明白だ。

「だから火が燃え難くなっているのよ」

「そういうことね。灰さえあれば私はいいの」

「下界は茶会の最中。さて参りましょうか」

「この段をこう降りて」

四方吹き抜けの板間は亭舎の二階、その外周に苔むした露地と松木立があり、なだらかな芝庭とどこまでも続いていく白い遊歩道の四通八達、鯉の池沢の池蓮の池築山に滝を配した川中島Q庭園は大きく大きく蛇行して輝く一級河川の流れのなかにある。

灰形は大風炉《ふろ》に遠山。極暑時のみ用いられる二枚土器《かわら》の赤白を重ねて火の気を遠ざけ、多めに蒔く化粧灰は涼を呼ぶ浪の塩の按配。山の名は小屋山落葉山蜂尾山切地山。火袋に水の卦。

＊

紛糾をきわめた経緯については川中島Q庭園の近隣に古くから住む某老夫婦の耳にも洩れ聞こえていたが、恒例の花見を兼ねた大寄せが今年は大きな喪があったためついに延期と決まった。何しろ事情が事情であるから、それはそれで仕方がない。中止になっても文句は言えないところ、取り敢えずの延期となっただけでも幸いだと夫婦で話をしていたが、振替日が炎暑の盂蘭盆《うらぼん》の日に決まったと聞くに及んでふたりは驚き、すっかり震え上がった。——「時間は当日午後から夜にかけて。今年はほら、何しろ状況が状況ですから。夏場の夜間開放とライトアップの催しが一日限定で行なわれることになりまして」いつものように茶券を届けに来た証券会社の担当者は一方的に捲《まく》したて、汗を拭き拭き案内を広げて見せた。「花火も中止になったことだし、こちらだけはせめてもという勢いですよ。ふたつの催しのタイアップですから、きっと賑やかな会になることでしょう」

夫妻にとっては歩行者専用の橋がつい目のまえにあるという地の利に加え、園の年間パスポートも所持しているし、茶券は大概どこからか回ってくる。盛夏ならば普通は朝茶事、夜明け前の暗いうちから始まって蟬が盛んに鳴くころには終わるので、散歩がてら足を伸ばしに行ってもいいのだが、猛暑時の午後から千人を超す客を集めての大寄せとはまた聞いた覚えのない暴挙に他ならない。

「ご存知でしょうが、あの園内に蚊や厭《いや》な虫はいません。それに夜になれば川風が吹いて、秋の涼しさですよ」言い残して早々に逃げ帰っていった担当者の態度には、業績不振の追及を避けること以外にも何か意味があったのだろう。ふたりにはそうとしか思えなかった。

従って当日の午前、家庭内で軽い諍いが生じることさえなければ、かれらとしてはわざわざ日中から出かけるつもりは全くなかったのだった。

古い住宅街となっている橋のこちら側とは違って、島を挟んだ反対側の橋袂の町筋には商家が多く、ただし人口のドーナツ化現象で売り家がぼつぼつと増えている点では事情はどこも同じだった。町家トラストとやら何やらで、町筋の老朽化した民家が買い取られ宿泊施設やカフェとして再生される例があることは夫妻も聞き及んでいたが、その筋の者らしい人物がこちらの身辺にも現われるとは思っていなかった。――老妻がほんのわずか家を空けているあいだに他人を敷地内に招き入れた、この点において夫の側に非があったことは確かであって、とは言うもののその朝知り合ったばかりの客人がほんとうに物件の物色を目的とする手合いの者だったのかどうか、それは妻の側にも少なからず被害妄想があったようだった。

「犬の散歩仲間に誘われて、お茶を飲んできたのだよ」

その日の午前、買い物から戻った老妻と入れ違いに客を送り出したあとのこと、犬を抱いたままうろうろと台所までやって来て、老人は弁明を始めた。階下の台所は北向きで、よく片付いていても長年慣れ親しんだ固有の匂いが微かに籠っている。小型の愛犬は客に構ってもらえたので機嫌がよく、じたばた足掻《あが》いて興奮気味だった。

「あらそうなんですか」妻はあたりを見渡し、掃除の不行き届きな箇所が目についたのか眉を顰《ひそ》めた。朝市で買い求めてきたものを仕分ける最中らしく、流し元へ野菜を運んだり立ったり屈んだり、少しもじっとしていないのだった。「お財布を持って散歩にいらっしゃったんですか」

「小銭入れくらいならいつでも持っている」夫は抗弁した。「テラス席でモーニングをね。今のひとはSさんの知り合いなんだそうだが、ちょうどそこに居合わせて」

「モーニングですか。それはよろしかったですね」

「主婦の留守中に台所へ入るほど不躾《ぶしつけ》なひとではないよ」窓拭きを始めた妻の背中に向かって老人は言った。「そもそも家のなかには入っていない。庭から回ってもらって、ベランダをお見せしただけだ。ここの眺めのことをSさんが勝手に話題にして、自慢するものだから」

ちょうど帰り際の門口で鉢合わせすることになって、老人はさすがにまずかったかと慌てたのだったが、若い女客ははきはきと挨拶して眺めの良さを褒め、妻もそのときは普通に受け答えしていたので、大丈夫かと思ったのだった。

掃除の手を止めて妻は向き直っていた。

「あのひとがそうだとは言いませんけれど、このごろしきりに不動産屋のチラシが入っているのをご存知でしょう。どうも目を付けられているような気が」

「それは勘繰り過ぎだ。チラシは無差別に入れていくものだし」

「年寄りだけの世帯だと思われたくないんです。たかしがいずれ戻ってきますから」都会で暮らす息子の名を言って、「ベランダのリフォームはあの子が気に入るようにと。たとえあたしたちの死後になってもいい、ここに戻ってきてくれればと思って。だからずいぶんなお金をかけて改装することにも賛成したんです。それをあんな」

「いやいや、ただの奥さんだよ、ほんとうに」老人が慌てて否定の身振りをしたので、振り回された犬が小さく声をあげた。「近くのマンションのひとではないのかな。ほら例のあれが今日だったろう、お社中の受付の手伝いに行くと言っていたよ、そういえば」

「主婦が朝から喫茶店でモーニングですか」

そこへ電話が鳴り、出てみると息子の嫁だったので老人も少しばかり驚いた。他愛のない機嫌伺いの会話に付き合わされ、さてと再び妻を捜して二階に上がってみると、簞笥の間《ま》で膝をついて何やら物色中の様子。問題のベランダは川の土手道に面した庭の側にあり、このところは日除けを出しているものの、真っ白い積乱雲が湧き出した中流域の眺望をひろびろと抱えている。庭もろとも広いデッキを組んだことで大幅に視界がひらけ、川中島の全体を真正面に望む面白い構造になったのだが、見れば豊かな陽射しを浴びた今朝の島はライトアップの催しを直前に控え、裡《うち》に何か潜めた巨大な生き物のよう。

「犬は空調をかけておいて留守番させればいいでしょう」背後で妻が言う声も耳に入ら

ず、老人はしばらくのあいだ眺め入っていた。

その後のことを思い出してみると、日盛りの熱気と照り返しに最初から調子が狂っていたような、夫は日除け帽子、妻は日傘で影をつくっていたものの、歩行者専用橋を渡る時点で前方にはゆらゆらと陽炎がたっていた。

「昔は下の河原に水浴場があって、泳いだものだ」

「いつも同じことを」

小公園に囲まれた城の天守は背後にあり、対岸の島の側にはボート乗り場や古い茶店が並んでいる。

年配者が正装でまかり越せば面倒な正客を押し付けられるので、つねに軽装を心がけている妻が今日は無地の一つ紋で身を固めているのも解せないことながら、それなりに賑わう園の裏口あたりでも女たちの正装姿は目だって多かった。外周の森は耳を塞ぐばかりの蟬時雨、入場してすぐの炎天下の蘇鉄《そてつ》畑に放し飼いの雄の孔雀がいて、その強烈に色鮮やかな光景を目にした時点で老人は暑気あたりの頭痛の自覚があった。バス停や駐車場、タクシー乗り場がある大きな正門は島の反対側にあり、車道と歩道を兼ねた二本の橋がそこから両岸へと架かっている。

「部活動の女子高生が来ているじゃないか、去年の春と同じに」老人が言うと、

「お堀端の従姉妹の家で打ち上げをするのだと言っていましたよ、今晩。近いから」

「おお見てご覧、今日はテントが多いね。日除けがなければやっていられない。茶室にはクーラーがついていただろうか」

「この頃はどこでも多いようですね」順番待ちの人ごみのなかで妻が日傘を傾けた。

「ここからお席を回りますか」

「茶道具の灰の日干しならば今の時期だろうが、にんげんの日干しとはいただけない」老人は言った。

四万坪ほどの敷地内に釜がかかった亭舎が点在しているのだが、全部を回るとすれば歩行距離は優に数キロに及ぶのだった。

今は過酷な高気圧の支配下にあるものの、大小の緑の池と澄んだ曲水、伸びやかな芝の起伏と遊歩道をメインの構成要素とするQ庭園の形式は池泉回遊式大名庭園、借景となった対岸の天守閣などの見ものは多いが、実際のところ妙に目の印象に残るのは道と芝生の仕切りとなった竹細工の存在なのだった。波柵と呼ぶ竹の棒を大まかな半円に撓《たわ》めたもので、遊歩道に沿って半円と半円の端がわずかずつ被りながらどこまでも延々続いていく。そのリズミカルな列が中之島を越え大池を越え、芝生の迷路全体へと分散し遠ざかっていく、そこへ今日は色とりどりの大寄せの客があちこち吹き溜まりになったように犇き、鬱陶しいほど濃い真夏の緑と緋毛氈《ひもうせん》と野点傘《のだてがさ》と大量のテントが入り混じった光景となっているのだが、しかしどう見直しても絶対にあり得ない光景だった。

妙に雰囲気の違うふたり連れには、正門に近いもっとも大きな亭舎の寄付き待合で出会った。——「こんなに待たされるなんて」「だからホテルで待っていなさいと言ったのに」

明るい円相窓の前あたりに座っているふたりは旅装らしい身なりで、さいしょ母親と息子のように思われた。そこだけ雰囲気が違っていて周囲とは違う空間になっているような、よく見ればやはり夫婦で、恰幅のよい妻を細身の夫が小声で叱りつけているのだった。

普段は広い敷地ごと非公開の場所で、結婚式場にもなる全館空調つきの萱葺《かやぶ》き本館は障子の横列がずらずら続く五十人入りの大広間席がメイン。武家屋敷を移築した別棟は道場のような佇まい、他に離れの草庵や舟入りの蓮池に面した側の舞台席など、今日は各所に濃茶席薄茶席点心席もろもろが賑やかに設けられているが、近在の老夫婦といえども始終出入りが叶う訳ではなかった。

「ここは氷水で薄茶を点てて頂けるそうだから」

「ほらねやっぱり」

「何を言っているのだか。夏茶事はそれなりにあることだし」

「——夜はライトアップの催しがメインになるから、席は閉じるところも多いようですねえ」

一時間待ちの老夫婦の周囲でも、居並ぶ相客が互いに喋っていた。汲み出しの冷茶の接待もあり、何よりようやく空調つきの場所に入れたことで皆が露骨に安堵していた。

「ええ、夏の夜は何しろ虫が」

「今日はね、この二階の雨戸を外して四方吹き抜けにしているでしょう。職員が気持ちよさそうに外していくところを庭から見ましたよ」喋っている女客は閉じた扇子を持ち扱って上方を指した。「控え室に使うそうですが、あの板間で涼んだらきっと眺めもいいのでしょうね」

「あの雨戸は滅多に外さないそうですねえ。朝のニュースでも映していましたよ」

「こ、ことらさんはほんとうに来てらっしゃるのかしら」

例の夫婦の夫人のほうが言うのが聞こえ、すると老妻がそちらへ身体を向けて話しかけたので、老人はやや驚いた。

「あの、ご存知なのですかあのかた」

「ええ、今日はそのためにここへ」太めの夫人は嬉しそうに向き直ってきた。「――帰国なさってね、真っ先に連絡がありましたの。ほら、こちらのお社中の娘さんを何人か連れて豪遊なさってましたでしょ。田舎の湯治場めぐりだなんて言っておいて、さすがに違いますわねえ」

「お噂は耳にしますけれど。お親しいのですね」

円相窓から制服の女子高生が覗き込んできたので、老人はそちらを見た。ケーキ作りの折に妻がしゃかしゃか使っているのと同じ握り手つきの粉篩《ふる》い器、それから緑に染まったタッパーを持っていて、誰か捜すように見渡したがすぐ引っ込んで見えなくなった。

「ええまあ、このひと弟なんですの」

意味を考えるより早く、庭の方角から今の女子高生らしい声と孔雀の金属的な叫びが同時に聞こえてきた。

「うわっ何これ。ちょっとやめてほしい」

「まあ、それではご主人は弟の専務さんなのですか」

案内の和装の女性が出てきて、お次の二十名さまと言った。細身の男が年嵩の妻の膝をぴしりと打つのを老人は目の端で捕らえていた。痛あい、だって、と甘い声で言い始めた夫人は前後の客につられて立ち上がったが、いくらも歩かぬうちに床の敷物に皺を寄せながらふらふらと倒れ込んだ。それからの騒ぎというものは、介抱するやら別室へと連れていくやら、案内の女性と当人の夫は言うに及ばず老妻まで手を貸してさっさと行ってしまい、そうしてひとり残された老人が噂の二階を見てみようと思いついたのは自然な成り行きだった——そのように言えなくもなかった。濡れ縁まで一緒に出たところで置いていかれたのだが、階段の上り口がついそこにあり、しかもざわざわした待合の側からは見られない位置にあったのだ。

近くのソヨゴの幹に喧《やかま》しいツクツクボウシがいて、耳障りな節をつけながら鳴きたてていた。

古い農家の親戚宅で見るような狭い上り段は妙に誘惑的だった。踏み板をぎしぎし軋ませながら見上げると、四角い明るさに切り取られた萱葺きの屋根裏天井が見えた。貧血を起こした客を休ませるならこの二階でもよさそうなのに、そう考えたことが老人の記憶には残っていて、しかしそのような生易しい場所でないことはすぐ判明することになる。上がり口の床板すれすれにかれは顔を出し、思わず目を細めたのは何より眩《まばゆ》さのためだった。

もともとは何のための場所なのか、雨戸は確かにすべて外されていた。四方吹き抜けとなった涼しい二階で、てらてら艶光りする板間と萱葺きの深い軒が何ともいい按配《きつ》にめぐりの庭園風景を切り取っているのだが、ただしちょうど真向かいに内向きの強い陽射しがあって、言ってみれば全体が真っ白で過剰な光に喰われた印象。つい目と鼻の先に包装紙や紙箱の類いが散らかっていて、そしてすっかり目の眩《くら》んだ老人の視界のちょうど中央には朦朧と白い蛇のように片肌脱いだ女の背中があった。しかも奇天烈な角度によじれた背中――周囲にも何人かの和装の人影があったのだが、あたかも控えめな侍者たちのよう。そして後光をまとい、圧倒的な威厳に満ち満ちて二度見ることが叶わぬような中心人物のそれはポージング、ボディビルのポージングだったのだと後になってかれは理解することになる。

「――暑気あたりで倒れてらっしゃったんですよ、あなたは」

時間が飛んで、階下の薄暗い小座敷で老人は目を覚ました。すでに日が暮れかけていて、硬い畳の感触が全身に心地よかった。

「倒れたときに少しあたまを打ったのですよ。病院には休ませて様子を見てからと」

「そうではない。別の妙なものにあたったのだ」

老人は言ったが、じぶんでも何を言おうとしているのかよくわからなかった。借り物の団扇で風を送ってくる妻は黙って頷き、愛犬が大人しく留守番している家には必ず帰っていかねばならない老夫婦はこのあたりで話の圏外へとフェードアウトする。

「――」

「――」

「ああ怖かった」

「怖かった」連れの女子高生が応じた。

「睨んでたよね、あの禽《とり》」

「ぜったい確信犯だよね、うちのせんせいがあれを見たら何と仰るか」

「十文字に縄で縛って天辺に引き手をつけた、あの石は関守石。孔雀に進入禁止は通用しないので、止め石として露地に置いても無残に蹴転がされ踏みつけられます。クチバシで吊るして持ち去ることも」

「それから露地の七つ石は何だっけ。手水石、前石、手燭石に踏み石、刀掛け石」

「待ち石、捨て石。受験には関係ない。打ち上げはお堀端の部長の家ってのは嬉しいけど、焼肉屋でもよかったんだよね」

野点の舞台を撤収中の賑やかな女子高生たちと擦れ違い、菓子屋の娘のタエはP夫人を捜していた——密かに恋をしていたのはこの娘。相手は誰でどのように恋いわたっていたというのか、ひとが知ることはこの先もない——ライトアップのための電気コードがあたりいちめんにうねくる芝生広場の人ごみと夕闇を眺め、そして急に心細さを感じて配達車の鍵をポケットに確かめた。ひどい汗、しかしそろそろ夕方の川風がたち始めている。裏方のいわゆる黒子衣装、黒シャツに黒い綿パンツでエプロンはあまりに暑いので外してしまったが、数人の仲間と朝から露地の石をひとつひとつ水洗いしたりあらゆる場所の掃除、それから家業の配達にも回らねばならず、そのまま着替える折をなくして戦場のような水屋の洗い場に日中ずっと詰めていたのだった。

「どんどん影が薄くなる」

言ってから、タエはじぶんがひどく疲れていることに初めて気づいた。ようやく少しの暇をもらい、心当たりの場所まで足を伸ばしてみたものの捜す相手は来ていない。はしゃいでいる高校生の一群が前方にもいて、夕暮れの遊歩道の端から手を伸ばして庭園のシンボルのようになっている石灯籠に触ろうとしている。大きな輪っかのような火袋に不恰好な笠、極度に短い二本足だけで出来ているユーモラスな灯籠で、見る角度によっては絶妙な右肩上がりのようにも見える。「空洞君」と、若々しい声が喋っているのが耳に入り、いろいろのことを考えたくないなら今日はやはり来ないほうがよかったとタエは改めてそう思った。――その石灯籠に話しかける、口笛も吹く、わずか数時間のちのじぶんの行状《ぎょうじょう》を知る由もない。

「いもうとさんが見えていたわよ、ついさっき」混雑した亭舎の裏口に戻るなり水屋衆のひとりが声をかけてきた。「あれがねえ、可愛い子じゃあないの」

「ちょっとそこを通りますわよ、気をつけて」

「あのね、今から部活の打ち上げに行くけれど、夜にまた寄せてもらいます、ですってよ」

何の都合なのか、熱そうな十能を両手でまえに捧げ持ったひとりが間を擦り抜けて玄関棟へと通っていった。粉篩いがどうとかもっともらしい理由をつけて、ひるまに訪ねてきたことはタエも知っていたが、また来ていたとは思いがけず、口には出さず曖昧に微笑んだ。高校に上がるまで週六とかの道場通いやら何やらで、暇があれば寝倒れている印象が強かったのだ。

「配達が済んだのならいい加減に着替えなさいよ、あなた」流れ作業に浸っている集団のひとりが顔を向けてきた。「お運びが足りないのよ。手伝いの高校生が帰ったから」「あら、たーさんお疲れ」「いえいえセレモニーハイですから」——互いに喋りながら極薄のビニール手袋を嵌《は》めた手で菓子を取り分けていて、汚れ避けの白シーツを敷いたその場所でいちどに数十碗の茶碗を並べていく者、粉篩いを使う者、湯の係り、ひたすら量り入れる者や注ぐ者に茶筅《ちゃせん》を振り続ける者、あるいは席替え時の清掃に走る者などなど——決めごとどおりの水屋飾りもあるにはあるのだが何しろ大寄せの戦場であるから、水のポリタンクや宅配用の段ボールなど色気のないものがあたりには大量に犇いているのだった。

「でも二階にはお客様が」

社長の一行は離れの本席へ回ったから大丈夫、そう教えられてタエは水屋側の露地を足早に通り抜け、広縁の側へと回った。妙に転がった関守石を直して通り、靴を持って急な段を上っていくと、庭園のぜんたいでわっと軽いどよめきが起きるのがわかった。ちょうどライトアップの一斉点灯があったらしく、夕風の渡る二階の板間に立って見渡せば西の低い空に最後の夕暮れが残り、薄暮の池泉回遊式庭園はいちめんがひかりの海。先にとっぷり藍色に暮れた東側の森があかあかと内側から発光している。「火星が接近しているのよ」誰か知った声が話しかけてきたが、心が動くには疲れ過ぎていて、よく聞きもせずタエはじぶんの着替えを捜し始めた。

「何よ、今から着替えたって誰も見ないでしょ」

「ふふ、お菓子美味しい」

ペットボトルの飲料を交互に口飲みしながら、勝手に休憩中と思しい双子姉妹が揃ってタエに構いだした。「お宅からの水屋見舞いなんでしょ、これ」

つねに揃いか補色の色違いを好む花舗《かほ》の娘たちで、折り合いも底意地もわるいのは確かだった。

「点心が下に届いているけれど、手伝いのぶんは浜やのお弁当よ」

「あたしらずっと魚のシチューみたいなのばかりだったからさあ、赤い色がついてるの。パプリカの色」

「温泉ばかり泊まり歩いていい加減ふやけたわ。ほら、ちょうど大きな事故があって。毒のある熱い泥の溜め池が決壊して、何ヘクタールにも広がったって。ホテルのテレビで見たけど、大きな湖のすぐ向こう側よ。それからヘレンドの工房に行ったけど、普通に営業してた」

「たあくさん、買ってもらったのよう」

魚網のような緻密な模様入りの兎やらネズミやらならば今日は行く先々で見かけていて、社長からの土産として誰かれなく大盤振る舞いされたことも知っていたが、タエには関係がなく、そんなことよりも大事な着替え一式を纏めた風呂敷包みがない、どこにもないのだった。この二階は部外者が簡単には入れない場所、嵩張るものを持ち出すとすれば人目が、などと頭は沸騰しつつ胸が冷え、「籤で当たった紹の正絹《しょうけん》、なあんてね」言い残してばたばたと段を降りていく双子たちを呆然と見送ることになるのだが、そのちょうど同じころ、少し離れたお堀端のとある家庭では隣家のいつにない賑やかさを話題にしているところだった。

「奥さんがご迷惑おかけしますと挨拶に来られましたからね、たまのことですから」

――玉暖簾《のれん》をくぐってダイニングに入ってきた主婦が説明するのに被さって、若い盛りの多人数の笑い声が庭越しに届いた。

「生徒ばかりの打ち上げなのか。お作法の顧問は不参加なんだろうな、あれは」夕刊を広げた主人は眉を顰めた。「松風を吹かせるとか、それ、あれは炭火で湯を沸かすのだろう。今日はいったいどうしたのだろうね。会社のバーベキューもこのあいだのは全然駄目だっただろう」

「あれは失敗でしたね」思い出して妻は肩を竦《すく》めた。「場所によるんですよ。休業中のレストランも多いし、普通に営業しているところもあるし。うちのガス火はまあ何とかだけれど、西の町内あたりでは一帯が全滅だそうですよ、時間帯にもよりますけれど。Q庭園のような場所ではどうなんでしょうね」

「あとでちょっと見に行ってみるかね。人出があるね、このあたりも」

内堀に面して石垣のある小公園を見上げる家なので、天守と川中島の側は見通せないのだが、窓から眺めてみればその方角の夜空がライトアップのため薄っすらと明るいのがわかる。長い日没がようやく終わったばかりで、夜はまだ浅かった。

「――」

「スワン」

女子高生の集団のひとりが別のひとりに呼びかけると、

「ミっちゃん、一緒に行くかい」

「親に断っておかないと、あまり遅くなるのは。でも行きたいなあ」

「うちの向かいのせんせいが車で連れてってくれるって」

「灰のせんせいなんでしょ、それ。うわ、真っ赤な外車」

歩いたほうが速いかもしれないけれど、と断りながら赤い細縁眼鏡をかけた向かいのP夫人は革シートに沈み込み、袖を捌いてきっちりベルトをかけるとハンドルを回し、そこから一気に加速した。トランクにいつでも灰の容器が積まれているという噂をスワは思い出しながら、ふと不安な気分にかられて車窓に流れる暗い住宅地を眺めた。夜の外出をするとき、子ども時代の不安定だった頃に引き戻されることが今でもたまにあるのだ。それでも堀端から廃校になった小学校の脇を通り抜け、路面電車が通る賑やかな本通りに出る頃には気分も変わり、母親の地味な国産車の運転ぶりとはまるで違っていると密かに考えた。

「初心者の部活だから、炭はまだ扱ったことないです。割り稽古はポットか電気釜ですよ、そりゃ」

結局のところ同行することになった友人のミツが熱心に喋るうちに車は狭い道から橋袂に出て、すると一気に視界がひらけた。広い河川敷を持つ夜の一級河川、そしてライトアップされた川中島の全体が光輝燦然《さんぜん》として走路の真正面にある。

「おお、壮観」

「あの、灰形ってアートっぽいというかアートですよね。ちょっとだけ触らせてもらったことがあるけれど、ぼろぼろ崩れてぜんぜんかたちにならないの」

「それは灰が悪い。教えてあげるから一度うちにいらっ、うっわあ」

P夫人が妙な声を出した。蛇行した川のこのあたりは橋が多く、中洲へとげんざい渡りつつある古い橋のほかにも対岸へと続く別角度の橋、島から離れた上流側の新しい大橋、鉄橋などもあり、車窓は灯りの多い賑やかな眺めとなっている。後部座席の高校生ふたりは何事かとぎょっとしたが、混雑した夜の橋を渡り終えると車はすらすらと関係者専用駐車場へターンし、ミラーに映る表情に特別な変化はないのだった。「ほら、タエちゃん来てるじゃないの。仲良くしてるの、きょうだいで」

菓子屋の名が入った配達車の隣に車を入れて、さてさて手伝い、と言いながらP夫人はようやく嬉しそうになってトランクを開けた。

——それでも帰れるうちに帰ったほうがいい、そう言い出すことになったのは当のP夫人だったとのちのちこれも姦《かしま》しい取り沙汰となるのだが、そのとき人選の籤を作った石屋の社長の横からすっと手を出した、自前のシャーペンで線を書き足したのは女子高生のスワだったとも言われ、結果は当然のように然るべきふたりに定まったのだった。「ミッン」「スワちゃん」抱き合って別れを惜しんだのは蓮池軒の露地の外。友人は必ず無事に帰すからと言い含められて、ふたり同時のスタートとなった。姉のタエは南へ回り、いもうとのスワは反対の北回り、それぞれ莨盆《たばこ》用の火入れもしくは夜会の手燭を持ち、禁忌についてはよくよく言い渡されていたが、しかしこれは今からもう少し後の話になる。

現時点の蓮池軒二階吹き抜けの板間では、着替えをなくしたタエが前後不覚に眠り込んでいるところ。しかし誰もそれには気づかない。その夜Q庭園内で火を運んだ人物というのは実はもうひとりいて、この小さな事実はあまり知られていないのだが、よくいこした炭火入りの台つき十能を持って川下側の別亭舎まで届けに行った水屋衆のひとり——これは得々と満足げな様子で、ただ今ちょうど道を戻ってくるところ。「まさかこの私が孔雀ふぜいに挨拶して通ることになるなんて。尾羽根まで派手に広げて、まあ偉《ろく》そうだったこと。それより川下ほど火が燃え難い、噂はやはりほんとうだったのね。陸堂《どう》の若せんせいが不貞寝するのも無理はないわ。でも見合いの首尾は」

出先で話の種もいろいろ仕込み、抑えても口から出てくるほどなのだったが、ここで話はいったん元へ。赤いボルボで関係者専用の駐車場に着いた三人組のところまで戻ることになる。

——その方向から眺めてみれば、反対側の河川敷一帯を占めた一般駐車場は夜になってますますひどい混雑ぶりのようだった。

気温が大幅に下がって夜気は生ぬるく、雑踏の浴衣姿が点々と闇に浮く。交番のぼんやり丸い電球、売店茶屋とアイスの屋台、真っ暗な片隅の歴史資料館、一部電飾されて大木の影の多いエントランス。一方こちらは煌々と全面ライトアップされた正門付近で人ごみを掻き分け掻き分け進むとき、スワの同級生ミツが何か言ったのだが誰も聞いていなかった。箱入りの風炉を抱えたP夫人をはじめ、皆が重い荷を抱えて歩くだけで懸命な状態だったのだ。

「怖いよ」二度目に硬い声でミツが言ったのは、ごたごたのうちにゲートを通過して少し後のことだった。

道々P夫人から今夜の手順の説明を受けるうちに早くも目的地が近づいたので、まったく正門最寄りの亭舎で助かった、これが他の場所だったら荷物が大変だとスワは考えていたところだった。投光器だらけで真っ青な電飾地帯には踏み込んでいるものの、華々しく大池に投影する中枢部はまだ道のずっと先にある。高校から文化系の部活に切り替えたのは母の負担を考えたからで、別家庭でこのごろ滅多に会う折もない異母姉《あね》については特に含むところも何もない。今日はちょっと顔を見に、その程度に過ぎず、昼に亭舎で出くわしたピンクと水色の二人組のことなどもついでに思い出し、あれはいったい何だったのか双子だと思ってえ、、、、っらそうに、改めて腹がたったところで友人の訴えに気がついた。「——何これ怖い」見ると照明の濃い影のなかで、思いきり引き攣《つ》った表情であることだけは確かだった。

「肩。さっきから誰か摑んでる」

「おっ」と応じて利き足を軸に反転し身構えたが、散策者のほとんどは別の道筋へ流れていて、真っ青な地面によろめく波柵の影があるばかり。

「ここのさいしょはね、芝の庭ではなくて、大半は田圃《たんぼ》だったのですって。当時の好みで人工の田園風景をつくった訳ね」

ひとりで喋りながらP夫人は先に暗い外垣の露地門へ入りかけている。より明るい本館側の前庭に受付と多くのひと影があり、一瞬迷ったがミツが身体をぶつけてきて、ふたりは絡まりあうようにそちらへと走った。記帳机の何人かが驚いたように顔を上げ、ひとりはたまたま朝の散歩で老人と知り合った若妻だったのだが、さらにその背後には昼から放置されている持ち主不明の風呂敷包みなどもあって、事情はもうじき判明することになる。

「――」

年嵩の妻が甘く舌足らずに言った。年下の夫は反射的に手が出そうになるのを押さえ、舌打ちをした。「肩を押したでしょ、今。痛いのよ」

つい目のまえの濃い闇の奥には確かに複数の生き物の気配がある。ライトアップ区画から外れた北の森陰で、思いがけないところに禽舎があった。乏しい明るさが届くのはごく一部分のみだが、どうやら大人の胸元ほどの高さで運動を制限しているらしく、木立の空き地のようになった空間に妙に厳重な覆いのネットを吊り渡しているのがわかった。

「痛あい」

「雄が一羽戻っていない。あの目が赤くて飛ぶ奴だな」

「若鳥のころは他とおなじだったが」

ふたりで喋りながら職員が通り過ぎていったところで、それならばあの亭舎の露地で確かに見た、目の縁が赤い孔雀の残像が闇のなかから暴力的に立ち上がるのを年下の男は感じた。「絶滅種の残したDNAだな」口に出して言ってみると、それ以外に真実はないように思われた。

「何なのよ」

「逃げ隠れするのも飽きたということだ」

観光ホテルとは名ばかりの安ホテルで数日逗留するうちにフロントの対応も悪くなり、姉の豪遊の噂が聞こえる度に怒りがつのった。役職だけの長年に渡る飼い殺し、しかも降って湧いた事故の連帯責任とは。「夜のお席にお招き頂いているのだから、それまでホテルで待っていればよかったのに。戻りましょうよ」

この太って膝の痛む妻をわざと連れ回す暑苦しさが今のじぶんには合っていると男は思った。

「丹頂の墓があっただろう。昔ここで飼われていたのだ」

「あたしが子どもの頃に鶴はまだいましたから、それほど昔でも」

「あっさり絶滅するとは誰も思っていなかった」

ネットの影が蜘蛛の巣のように地面を覆う禽舎の奥で生き物たちが羽根をざわめかせる濃い気配があり、赤い目の瞋恚《しんい》、すると男の右肩を重く冷たい手が摑んだ。

「だから何なの」額の汗で髪を張り付かせた妻は前に立っていて、後ろは誰もいない。

そのころ南東に離れた蘇鉄畑では作業用トラクターのキーを紛失した別の職員がうろうろと胸や腰のポケットを探っていた。飛ぶ孔雀の影が池を越えて釣り殿へと渡る電飾島の上空ではひと知れず赤い星が月の廻りを旋回し続け、芝地に長時間放置された小型トラクターの上とその周辺にもひかりの粒は淡く濃く降り注いだ。キーの差込口はあらゆる異物に対して無防備に曝され、侵入し回転させるものさえあれば偽の青い火花を散らし、いつでもエンジンが始動する状態。それはたとえば菓子店の配達車のキーであっても一向に構わなかった。

片手にキーを握ったままゆらゆらとタエは夢を見ていた。

虫食い穴が下りてくると評判の採石場の麓に大勢のにんげんが蝟集《いしゅう》して、黒い絨毯のようになっている。採石場はぎざぎざに削り取られて白い階段状の斜面になった禿山で、むかしの白黒写真を眺めるようなその光景には確かに見覚えがある。そう思いながら、タエは手だけ動かして茶碗を洗いつづけていた。

それにしてもたいへんな数の群衆になっていて、傾斜のある土地のほとんどが人出で埋まっている。もっとも近くの集団は指差したり大げさに硬直した身振りをしたり叫ぶ顔になっていて、その動きは遠い地平線上の蟻のような群衆に至るまで切れ目なく連なっているものと思われた。――泡まで啜《すす》って飲み干された茶碗はどんどん溜まっていく。円相窓から覗き込んでいるのは部活の女子高生らしく、片手に握り手つきの粉篩い、片手に濃い色に染まったタッパーを持っている。誰でもないただの女子高生、濃い色というのは色目のない黒ずんだ色なのだが、それがどうも濃い紫であるような妙な心持ちがした。

白黒写真の禿山の採石場では、いよいよ遠い山頂から虫食い穴が降りてくるらしい。

ちかちかと光って、先に冷たい雲が湧き出してくる。このような場所は厭だとタエは反《はん》撥《ぱつ》して、夢の浅い場所へと浮上しつつあったが、急速に流れて消えていく裾野の大群衆のなかにふと知った顔が混じっていたような、それがどうもひどく途方に暮れた様子でこちらを見返していたような、針で引っ搔いたほどの違和感が残った。

「秋になれば火はまったく燃えなくなるんですよ」

苛々と口を挟んできた相手は火の点検に来た市の職員らしく、何故このような場にいるのかまったくわからない。「そこのところをわきまえてもらわなくては。だから今のうちにね」

「盆と正月にしか帰ってこない者を無理にも席に据えようと思えば、上からのごり押しも必要で。お蔭で今日は千人からのにんげんが大汗を」

「あねじゃ、無事で」

ふざけた口を利くいもうとは高校に上がる以前の古いスパイクシューズやら防具袋を提げていて、懐かしい川端の大せんせい宅はいつでも白い桜吹雪に包まれていた。篩った灰は白い乳鉢に入れ肌理《きめ》こまかく擦り潰すもの、さらさらと砂時計の砂より細かく降り積もる。

川中島のQ庭園はさいしょから中洲だった訳でなく、川の大きく蛇行した部分にほぼ直線の水路を通して人工の島としたのだそうで、言われてみれば裏手の側は河川敷ばかりが広くて流れは狭い。桜並木の古いお屋敷からはそれを一望することができた。

「こちらからお城は見えませんが、本丸の背後の防御とすることが目的だったそうですよ」

教えてくれた大せんせいの夫人のほうが灰の師匠で、ここ最近は長男の離婚沙汰で息子と喧嘩ばかりしているというのだったが、タエの目に触れたことはなかった。時間を切っていろいろの灰形を仕上げるのが初心者の稽古で、それに時おりP夫人まで同行するのは灰の世話の手伝いが主な目的だった。煮出し番茶や焙じ茶で色をつけてから日干しにする、塊になった灰を鍬《くわ》で割り解して何度も篩いにかける、タエにはずいぶん荒っぽい世界だと思えたが、長年かけて丹精した灰はそれだけの価値があるらしかった。

「夏ならば基本の二文字押し切りあるいは丸灰押し切り。風景の灰にするならば、遠山のひとつ山または二つ山。このとき風炉は大風炉」

白い手がすう、と灰匙を引くと嘘のように清潔で幾何学的な線が生まれる。子どもっぽく稚拙なじぶんの灰とは大違いのそのなかへ、いっそ虫のように縮んで入っていけたらいいのにといつもそう思う。きしきしと灰に埋まった鉄の五徳の爪に触れ、なだらかな傾斜を転げ落ちれば火箸で描いた水の卦に至る。しかしその場の席亭はP夫人であるらしく、夢はいつの間にかぎっしりとひとが居並ぶ広座敷の茶席となっていた。隣の客が重苦しく凭《もた》れかかってきて、薄暗い茶室は妙に混沌として床の趣向を確かめる余裕もなかった。

「本日は当家見合いの席にわざわざお越しを頂き」

妙な挨拶があり、ふと心づいてみると背後に扇子を置いた正装の客のなかでじぶんひとりが黒シャツ黒い綿パンツ、懐に帛紗《ふくさ》ばさみの用意も何もない。しかも長時間汗と汚れを吸ったむさ苦しい風体、P夫人が冷ややかに目も合わせないのはそのためかと俄かに悲観して、タエはわっと叫んだ。真っ暗な二階の板間で汗に濡れてようやく目が覚めたが、這うように段を降りてからもまだ夢の続きにいるようだった。

「パレードが外を通るわよ、ほらほら」

点て出しのお運びがぞろぞろ通っていきながらそう言ったのがたぶん転換点で、タエの右肩には自覚がないまま硬い爪が食い込んでいたのだが、そのころ島のちょうど正反対側の某所では擦り切れたカードが一枚ずつテーブルの場に張られるところだった。某所というのは今のところ某所であって、大量のガラスに囲まれた場所、その程度のことしかわからない。

「——お茶人のカードがたくさん。怪物、橋、孔雀と石灯籠、孕み女、おや女子高生のカードが出た」

「切り直し。お茶人のカードがたくさん、関守石、オールマイティの双子は逃走中」

「石マニアの素人写真家、恋がたき、怪物、おやまた女子高生が出た。白目に星があるほうの子だね」

「強い場に出たね」

「急にね」

「これは最強の札になるのかも」

カードはどうやら淡い青と黄色の〈星〉《ザ・スター》のようだが、周囲があまりにも暗すぎて判然とはしない——枯れ枝に似た手が傍らのガラスの埃をぬぐうと、戸外の闇に白じらと浮かぶのは真っ暗な対岸でライトアップされた天守閣。その内部では玩具のように小さなエレベーターが昇り降りするのだった。

「で、怪物はどうしているの」

「ちょうどいま二階から降りてきたよ」

這うように階段を降りてくる姉のタエをいもうとのスワは蓮池軒母屋の側から目撃していたが、その姿がふらふら広縁を歩いて曲がると、ほぼ入れ違いに同じ階段からまた誰かが降りてきた。その人物が誰であるのか皆目見当もつかなかった。

妙に夜目が利くのは生まれつきで、月下のソヨゴの蜱の抜け殻から萩の植え込みに潜む孔雀の居どころまで隈なく見渡すことができた。ひるまもそこで禽に出くわしたが、まだいたのかと密かに驚いたのだった。

「ことらさんが来るわ」近くでP夫人が喋っていて、ここまでいっしょに歩いてきた友人のミツは眉を寄せた顔でその場に寝倒れたところだった。異状を訴えてからというもの、抱いて支えても目を開けていることができず、ともすればぐずぐずと力が抜けてしまうのだった。

「蓮池軒草庵の夜の席亭はあのひとなの。電気コードはいくらでも引けるから、火が燃え難くても明かりは取れるでしょう」

「あのひといったい誰なんですか。なんだか腕が四本か六本あるみたいだったけれど、影の見間違いですよね、それよりあたしの行く先ざきであねと行き違うのはどういうことなのか知りたいです」

大音量の楽隊が外へ近づくらしく、調子外れの吹奏楽とともに障子廊下ぜんたいを複雑な影が舐めて通った。母親とふたり暮らしの向かいに住む夫人こそが正体の知れない怪物なのでは、急につよくそう思われた。

「ふふ、そんなに興奮しなくてもいいのよ」

「白目に星があるのは生まれつきで、後妻の子だからって関係ないや。あたしをスワンとさいしょに呼んだのは本宅の父なんです、たぶん本名で呼ぶのが厭だったから。わざわざ茶道部に入ったのは当て付けがましいなんて、本家筋の年寄り連中から言われるなんて思いもしなかった。おやこの手は何かな、煩いや」

右肩の後ろを手で払って、「こんなところまで大事なともだちを連れてきたのはあたしの責任だから、何でもしてみせますよ。こう見えて文系運動系その他技能はけっこう身につけているんです。何をすればいいですか、何でも言いつけて下さいね。ああいっそ楽しみだな。あれっ、あねじゃ」

「馬鹿。何しに来たの――」

オールマイティの双子はすでに火を盗みに侵入してきたところ。これは同輩の持ち物を隠すという姑息な悪事が露見して、尋常に声かけすることができなかったものと思われた。孔雀が叫んで派手に飛び、狭い場所に後から後からひとが溢れ返って、すし詰めで収拾つかないまま人選の籤引きが始まるのはこの直後のことになる。

――

「ちっバンカーかよって、別れ際にそう言ったように聞こえました。意味はよくわかりませんが、ええ、高校の制服だったので間違いないですね」

望遠レンズ付きの一眼レフを首から提げた男Aが語る。その後の証言のひとつ。

「地元だから、あの三本白線のセーラー服なら昔からずっとおなじでよく知ってるし。ええ、北回りの巡回路というのは確かにあまりひとが通りたがらない地味なルートで、禽舎や旧馬場のあたりだとライトアップもされていませんしね。ただ、じぶんは写真が趣味で。え、よくご存知。石の写真をね、でもあの夜は電飾を撮りに行ったんですよ。

場所はそうですね、北の茶畑に近いあたりで腰掛茶屋が見えていたかな、接待の席はもう終わった様子で誰もいませんでしたけれどね――ええまあ、ほんのちょっとばかり芝生に入っていたのは確かです。遠景を撮るのに三脚を立てる都合とかですね、で、さいしょは遠くからおじさん駄目だよ危ないよって。元気のいい娘《こ》じゃないかって、そのときは思ったものでした。北西の暗い森の方角からやって来て、見ると波柵の半円の連続に沿って小さい火がちらちらとね。でもほんとうはね、あれは孔雀に追われていたんですよ。ええ、当人は何でもないように振舞っていましたけれど。火を消されないよう、庇いながら運んでいたんです」

「――」

「ええとあの、今度はあたしたちのことですか。夜になってからQ庭園へ行ったのは、いまもちろん電飾とパレードを見たかったから。午後から何か催しがあったのは知っていましたけれど、でも昼間は仕事がありますし、それに勿論あのひとも。婚約中なので、互いに貯金に励まなければなりませんものね――待ち合わせて、そこから少しの距離だったので歩いていきました」

　同じく娘Bによるその後の証言のひとつ。

「くるまはもともと持ちませんし、渋滞がひどいとも聞いていましたから。行ってみると確かにひどい混雑、橋のあたりから歩道もひとでいっぱいで、路線バスものろのろとしか進まなくなっていて。それでもライトアップされた夜の島は夢のように綺麗だったわ。予想外に涼しい川風もあったし、それよりパレードを見逃してはいけないと思って先を急いだんです」

「あたしたちが選んだ巡回路は他の大勢とおなじ、南回りでした。電飾の中心となっているのがそちらの方角だからです。隅の蓮池の方向へ行ってしまうと岩場の多い地形ですが、ひろびろとした中心部へ進んでいけばあたりはもう眩いばかり。すべての樹木が光で燃えるよう、複雑なかたちの真っ黒な大池がふたつ続いて、そこに橋の架かった中之島が幾つも。外から庭園のぜんたいを見たときもそうでしたが、水面に華やかな電飾が映り込むと、どうしてあれほど美しいのでしょうか。築山の様子も真っ青なライトアップで不思議な世界になっていますし、それよりも肝心のパレードです。さいしょの大池の向こう岸を明るい山車《だし》と楽隊が進んでいくのが見えましたので、すぐ追いかけなければ、夢中になってあのひとの腕を引きました。ええ孔雀ですか、それはあたしたち見ませんでしたよ。鳥目って言うじゃないですか、夜は檻に入って寝てるでしょ。変な質問ね」

「――ナンバリングして整理してますが、Q庭園の石の写真ですか。九十のパーツに分割して運び込んだ大石とかね、面白い陰陽石から茶庭の塵穴の覗き石までいろいろ撮り溜めてますよ。どの石も出どころや由来がわかっているところが面白いと思うんですけれど、マスコットキャラの茶庭灯籠ね、わりと若いナンバーで園内十六番だったかな。あれは上中下の石の年代がばらばら、寄せ灯籠なんですね。それがたまたま面白く嵌《はま》って、あんなふうに擬人化されるような愛嬌のある姿になったと。あの夜はね、大池あたりの電飾を遠景で撮りたかったので、四十番台の鶴の墓とかのある区画へ行ったんですけれどね。あの高校生の娘《こ》のことですが、声をかけても足も止めずにどんどん東の梅林の方角へ行ってしまって、ちょうどパレードが近くを通っていくところだったかな。するると飛び回っていた孔雀もいつの間にかいなくなって。何だか気を削がれて、じぶんも早々に引き上げることになったんですけれども、それにしてもバンカーって何のことだったんだろうとあれからずっと」

「茶碗に虫が飛び込んでくるような場所でお手前できますか。それはもう、上だか横だかからのごり押しでこんなことになってしまって。それでも夜には撤収する約束でしたから。各所いろいろ、全館照明空調つきの会場ばかりではないんですからね」

和装の女Cが割り込んで語る。帯の脇にはスタッフの印、すなわち帛紗を挟んで長く垂らしている。

「それにしても川下側ほどしんねり火が燃え難い。噂は以前からありましたが、まさかこれほどとは——少しご説明いたしますと正門脇、壱の亭舎の蓮池軒を起点として南へ巡回するならば、蘇鉄畑に近い弐の亭舎、滝と曲水の参の亭舎。北回りを選ぶなら、禽舎と旧馬場を通り過ぎて腰掛茶屋の四の亭舎。茶畑、梅林の伍の亭舎、桜森を経てさいごは島の突端の陸《ろく》の亭舎に至る。ここを陸堂と呼びますのは、ですからもともとは島の六番目の亭舎という意味合いで。ひっそり目立たず侘びた草庵ですが、下流側の眺めもよくて近くには大温室などもありますし、見合いの場には最適かと——いえいえあたくしの亭舎は別。いえいえ、鴨居が壊されたというのも別の亭舎です。それに比べれば、陸堂の若せんせいが不貞寝してしまったとかたいしたことでは。古いお品の柄杓《ひしゃく》の柄もへし折れたとか、あとで見に行ってみたら、確かに床が少し沈んでいましたね。点前《てまえ》畳が——あら何だか話がごっちゃになりましたかしら。申し上げたいのは、ですから陸堂で火が絶えて壱の亭舎からわざわざお使いが出たらしいこと、それを聞いたからには素通りさせる訳にもゆかず。もう夜になっていましたのに、だからお約束の撤収ができなかったことですね」

「——ええ、パレードの仮装行列に混じって歩いていたときに大温室を見たのでした。二川向こうのお城に近いあたり、あそこは敷地の外側にありますから、林の奥に薄暗い二階の部分が見えただけでしたけれど。ああ中にひとがいるな、老朽化が問題になっているけれどまだ使われているんだなと、そのとき思ったんです。何故そんなことを覚えているかといえば、大温室でお茶をご馳走になったというおなじ職場の娘《こ》の話をあとになって聞いたから。パレードに間に合わせようと思えばお夕飯を先に済ませることはできなくて、あたしたちちょっとしたものをつまんだだけでしたから、歩くあいだけっこうお腹は空いていました。仮装の被り物のひとたちは、あれは喋ってはならないという決まりでもあるのでしょうか、妙な身振り程度しか応じてくれませんから。大温室でお茶会やっていて、それは甘いお茶とお菓子のティーパーティだったとあとで聞かされて、ちょっと残念だったんです。老朽化で取り壊しが決まっている、あら、そうなんですか。植物もあらかた撤去済みで空調も止まっていた筈、まあ、そんなことは少しも。その娘《こ》を紹介してもいいですけど、あたしからと聞いたらちょっと嫌がるかも。ふふ、あのひとに気があったことあたし知っていますからね。行方不明のひとのことは何も知りません。お役に立てなくて残念ですけれど、でもパレードは楽しかったなあ——あのなかに紛れてずっと歩いていたら、確かにどこかへ行ってしまったきりになってしまいそう。ひとりじゃないんですよね、行方不明者は。このごろ妙に火が燃えないし、ほんとにおかしな夏だと思うわ、今年の夏は」

「——若せんせいと言いましても、ひるまはもちろんお勤めに。おやさしいかたで、ご母堂が大事に大事になさるのもわかるような。いえいえ見合いは家を出たご次男のほう。まだ学生だか就職したばかりだか知りませんが、親御さんが呼び戻そうとあせったのではないかしら。滅多にお見かけする折もありませんけれど、お弟子さんがたがねえ、騒ぐのも無理はないような」

さらに娘Dによる短い証言。

「ええ、大温室でお茶会やってました。そこで寝てしまったんですよあたしは。あの娘《こ》の紹介なんですか、あまり喋りたくないな。妙なものを飲まされた訳じゃありませんよ、甘くて香りがきつくて薬っぽい感じ、ハーブティーだとだいたいそんな感じでしょ。お茶請けはぼそぼそした落雁だったかな、たいしてお腹の足しにもならなかったけど、それより何しろ暗くて。取り壊しが決まってるんですか、ふうん確かに植物はあまり見なかったかも。連れの彼氏はぶつくさ言うし、疲れてもう帰ろうかと思っていたらカードの占いをやってくれたんですね。それがもう最っ低。だからね、喋りたくないの。何だか寝てしまって、目が覚めたら彼氏は勝手に帰っているし、暗くてあちこちぶつかってしまって痛いし。ええ、何だか芝草の山みたいなものがあって、あたし足を取られてそこにちょっと突っ込んでしまったんですけど、そんなことどうだっていいでしょ。外に出ると職員のひとがいて、もう閉園時間だって。ほんと馬鹿みたい。でもこれお土産にもらったんですよ、こんなに小さいけど、何とかいうブランドもののフィギュリン。本物ですよねこれ。出口まで職員さんの小型トラクターに乗せてってもらって、そのとき荷台で見つけたの。うちに帰ってみたら服が芝の切り屑だらけでひどいことになっていたし、べつにいいでしょこのくらい」

「——で、十六番の空洞君がどうかしたんですか。それを聞きに今日はわざわざここへ。

え、あれから右肩下がりになっている。鏡像かネガの裏焼きみたいに左右逆転。まさか犯人だとでも」

男Aが立ち上がって連呼する。「そんなことよりバンカーでしょう。バンカー、いったいどこにバンカーが。説明できないバンカー娘をここへ連れてきてほしいものですね」

制服姿の女子高生スワに関して目撃情報が他にも多かったのと対照的に、タエを見たとはっきり証言できる者はごくわずかに過ぎなかった。スワが運んだ火というのが夜の茶会用の手燭で、わかりやすく燃えるローソクを立てていたのに対し、タエが運んだのは莨盆に用いる火入れであって、灰中に炭火を埋め込んだ片手に載るほどのうつわは人目にたつ特徴とはならなかった。

慌しくきものに着替えるタエとおなじ場所で、女子高生のミツはうつらうつらと半睡状態で過ごし、自宅まで送り届けられてからも数日は寝たり起きたり、意識と記憶のはっきりしない状態が続いた。抱き合って別れを惜しんだ柴垣の露地のこと、どこだか白い崖の麓でその友人の姉を見かけたように思ったこと、そして何やら籤引きが行なわれていた場所のことなどは比較的記憶がはっきりしていたが、何のための籤引きであったのか知ることはなかった。

「姉ちゃんもしかして何か脅されてるの」

着替えの場所にスワが来て、ほとんど一瞬だけ内輪の口調で話していった。

「どうして。帯のここ持って」

「行かなくてもいいのに」

「しっかり持って。放していいよ。呼んでるからもう行けば」

「けっこう爺むさい場所だと思ってたけど、ここは何だか女ばかりだね」

　おくみの線を気にして引っ張る姿の向こうではそこだけ明るい場所に女たちがぎっしり居流れて、籤引きの余韻で陶然とするのか、互いに抱き合ったり凭れて指を絡めあう様子。双子が混じっていたとしても、半覚醒のミツが見分けられた筈はなかった。その夜のスワが踏破した亭舎は北の腰掛茶屋と梅林の亭舎のみの筈だったが、あり得ないことに南の各所でも火を運ぶ女子高生を押し通らせたという事実があり、じぶんが盾となって姉を通過させたとしか思われないのだった。

「わたしはもう次の場所へ行くので、お使いの首尾を見届けることはできないけれどね」

　数人引き連れて颯爽と出ていく様子の女社長は酒焼けした嗄《か》れ声で喋った。「双子は責任取らせて連れていきますよ。いずれ戻すから心配は無用」

「え、姿が見当たらないだって。ふふ、それはここ」——水指でも納めるほどの桐の箱を平手で軽く叩いたが、掛紙をかけた上に真田紐を四方掛けにしているので、さほどの音はしない。この様子についてもミツは半ば眠ったままで見ていたが、別の場所では準備運動のように黙々と筋肉を伸ばすスワを目撃したような記憶もあって、これはどういうことかまったくわからなかった。

「で、空洞君は今どうしているの」まったく唐突に双子の片方が顔をあげて言った――

侘びの極小好みの草庵であるにしても、その居場所は暗くてごく狭い。

十六番、空洞君、絶妙な右肩上がりの茶庭灯籠は。

――これは南回りの行程のほぼさいしょの区画に位置し、遊歩道から手が届くほどの芝生の端に孤立するかたちで昔からぽつねんと立っている。空洞が輪になったといったかたちの火袋に不恰好な笠、極度に短い二本足。夜の観光客の大半は園内を周遊していくパレードの方向へ偏っていた時間帯のことだったが、さてと小道を辿り松影をくぐったタエがいよいよ投光器だらけの真っ青な芝生世界へと踏み込んだとき、石灯籠の背後から小さく何かが転げ出した。微かな音をたて、波柵の隙間から道へと転げ落ちたのは石、すなわち縄で十文字に縛って引き手をつけた関守石。よく見れば芝生の上にも地面にも点々と、五つ六つばらら撒いたようにおなじ石が転がって影を曳いている。

このときタエは五枚鞐《こはぜ》の白足袋に夏草履、正絹色無地ひとつ紋の夏きものに絽綴れの帯を締め、右手には端正に灰形を切った染付の火入れを持ち、置いていきかねた配達車のキーは懐に――、茶庭で通行止めを意味する関守石に阻まれては前へ進むことができず、見守るうちにまたしても、石灯籠の後ろから今度は左右いちどにころころ縄目の石が転げ出した。まずはこのように始まって、タエはかなり早い段階で言い渡された禁忌のうちの大半に触れることになる。

「かれの特技はね、関守石を産んで増殖させることなのよ。ひとりで寂しいから」

「かれって勿論かれのことよね」

そのように喋っているのはやはり双子で、これは一畳半よりまだ狭いどこかの場所でお手玉でもするように向き合って正座している。

「——それはどうしても大小があったり、結び目も男結びでなかったり不揃いになるんだけど。でも頑張りは認めるべきよね」

「その関守石を持ち去るのが孔雀でしょ。クチバシで吊るして」

「だからね、誰でも知っていることだけど空洞君と孔雀とは相容れない仲なのよ」

妙に詳しい様子の片方がひと膝詰め寄ったが、場所はすでに半畳より狭く、何がどうなっているのか前後左右上下に圧縮されつつあるのだった。

「こう見えても園内には複雑な勢力地図があるの、芝をめぐっての三角関係とか——あらいやだほんとに狭いわね——オールマイティなどと調子にのって、火の調達を安請け合いしたのがあたしたちの運の尽き。見合いの首尾など知ったことではないけれど、恩を売る機会を逃す手はないと思っただけなのに。名物茶碗ではあるまいし、箱入りとはあんまりな。誰も聞いていないだろうけれど、もしもここから出して下さいな」

孔雀はまず火を盗みに侵入してきた双子を威嚇して事をおおごとにし、そのあと北回りで行くスワのあとを追った筈だったが、同時にタエのまえにも現われたらしい——というのは果たして同一の飛ぶ孔雀であったのか判然とはしない。島の上空では相変わらず月の周囲を赤い星が旋回し続け、仮装と電飾山車の明るいパレードは砂鉄のように見物客を引き寄せながら園内を広く周遊し、そして北と南に分散して進む火に向けて芝目は夜の底でいっせいに動いた。刈られて尖った切り口を持つ草目、生育中でつんつんと伸びた草目、暗い地下水を吸い上げつつ風が走るように夜の芝は動く。

「通るなら名乗ってお行き」

「スワン」

北の旧馬場を走り抜けながら名乗るとスワはスワンとなり、動く芝目に平気で三脚立てている呑気な見物に注意を促しつつバンカーに至る。

「——この子の父親はもう戻ってはきませんの」

空気が抜けたように着付けもぐさぐさとなった女が言った。「置き去りとはむごいこと。どうして連れていってくれなかったのか」

こちらは一見して誰なのか、ひるまは旅装のスーツ姿だったと知る者はこの場にいない。

取りあえずは蓮池軒に残された男秘書が万事引き受ける約束で、あちこち電話しては仮住まいを押えるやら手伝いの者を呼ぶやら、月々の手当のことも勿論てきぱき決めていく。その傍らでP夫人は産まれたてと思しい嬰児《みどりご》を抱き、皺寄った小さいかおをつらつらと眺めていた。風呂敷を三角に折って取り敢えずのお包《くる》みとしていたが、水屋に言ってもっと布を持ってこさせようと内心で算段していた。

「いつの間に産んだのやら、じぶんが産んだとも覚えませんが、確かにここにいるのはあたしとこの子。どうしてくれるのか、はっきりしないうちは去《い》ぬるにも去ねません」

綿々と女は訴えるのだった。幼女の甘い口調、何故かその両目がひどい目脂《めやに》で潰れたようになっている。昼間まではよく太っていた、とはその場に知る者もいなかったが、赤目と化した連れ合いの男が北か南へ向かっただろうことは誰もが薄々承知していた。

「――禁忌ってねえ、結局何だったのかしらね」

携帯電話を切って秘書が答えた。「最低限の礼節ですね、要するに」

「礼節」

「それは少し違うかもしれませんが、別の見方をすれば身の安全を保障するものではと」

スケジュール帖に挟んでいたメモ書きの条項を代理で読み上げたのも実のところこの秘書で、そのときふたりの娘たちは選別されてP夫人の手から離れたところにいた。四方橋だらけのこの場所でじぶんの力《パワー》は高まるが、自ら離れていった者を引き戻すには足りず、丹念に掻き立てて火持ちをよくした灰に放射状の火筋をつけて火入れを持たせた。次の場所で待つ、とは夜の席の約束を反故にした朋友からの伝言だった。

絽縮緬《ちりめん》で包まれた嬰児はまだ目も開かず、しきりに身じろぎをする。

「ところでこれは男の子女の子」

「ええと、さて」

布をめくって複数の顔がいそいそ覗き込む、それらがどれも微妙に放心したような空白の表情になった。そのころ白目に星のある女子高生は電飾山車のパレードに真っ向から遭遇して進退窮《きわ》まっていたが、事態としては最悪なものではないのだった。

タエは唇をすぼめ、鋭く口笛を吹く。禁忌、芝を踏むな口笛吹くな、トラクター使用禁止話しかけられたら返事を火を落としたらそこで終わり関守石に注意、大温室は関係ない。

ついでのことに後戻り禁止、これは当然すぎてわざわざ言うほどのことでもない。

一度ならずタエは何度も口笛を吹くことになる——これは話が少し後先するが、草履も失くして足袋はだし、赤目の男に追われ追われたタエが五里霧中に逃げのびていくときのこと。退路を断たれて芝地を走るしかなく、深い踏み応えの芝草が五枚鞐の足首より上まで這い登る、それを無理やり引き千切って逃げ込む先はトラクターの運転台しかないのだった。地点は従って蘇鉄畑に近いあたり——キーは問題なく回転してエンジンがかかり、荷台を引く軽い抵抗とともにスクーター型の牽引車は真っ青に照明された芝地の起伏をゆるゆる進んでいく。投光器に近づく度にながながと黒い影が伸びる、後ろから追う者があったとしても芝に足を取られる筈だったが、しかし片手で胸元に押し付けた火入れの炭火がどう見ても心もとなく暗いのだった。丹念に整えられた灰形を乱さぬよう、唇を固く丸くすぼめて中心を吹くとそれは明らかに口笛の音交じり。

「怒らせたから、もう来ないのかと」

　風呂敷包みを受け取るとき、姉のタエがそう言うのを蓮池軒で漏れ聞いた。相手は赤い細縁眼鏡の向かいの夫人だったが、いきさつに興味がある訳でなく、すっかり弾みのついたスワンは次つぎ亭舎を踏破する。島の最奥部に位置する陸の亭舎まで遠路はるばる火を届けに——とうに大寄せは終わって什器の箱詰め、仕覆の緒結び真田紐の右掛け左掛けに忙しくしているべき頃合いだったが、どうやら火が通っていくあいだは何事も終わらないようなのだった。真っ暗に見えた腰掛茶屋にもひとはいて、押し通る挨拶には技芸が必要。バンカーと電飾パレードはこのあと両方いちどきにあらわれる。

　石灯籠の空洞君は赤目の孔雀にあたまを踏まれたのが不満でひと言だけ喋った。

　飛ぶ孔雀は上から来て婆《ば》裟《さ》、と石灯籠の笠へ降りたのだった。時計の針は少し前へと戻り、赤目の男は未だ現われず、タエも口笛を吹かず頭上の闇にはまだ何も来ていない。

隠れるほどの陰もない石灯籠の背後から男はわっとばかりに飛び出してくるのだが、今はそのように予想もしていないし、タエがじぶんで関守石を蹴散らすことになるとも思っていない――どこから飛んで来たというのか、孔雀はタエの目のまえで音をたてて翼を畳み直し、ながながと垂らした緑の紋様入りの尾羽根をしきりに打ち震わせた。クチバシには新たな縄つきの石を吊るし、ちらと顔いろを窺う素振りさえ見せながら勢いよく首を振って投げ捨てるとそれは芝の表面で弾み、ころころ道へと転げ出す。この時点で関守石の数は順調に増えつづけ、十個を越えて二十個近くに及んでいた。

「それを運び去るのが孔雀の役割りではなかったの」

思わず苦情が口に出た。すると思い切りあたまを踏まれていた空洞君が「うう」と声を出して応えた――話しかけられたら応えるのが礼儀。

「ち、バ、バ、バンカーかよ」スワンが言う。

ただしこれを言うのは今より数分後のこと――白地に紺襟三本白線の夏物セーラー服はぎりぎり膝小僧までのスカート丈、茶席に必須の白ソックスに派手めのバスケットシューズ。今はまだ前方に距離があるのだが、暗い梅林の手前を賑やかに近づいてくるのは吹奏の音楽隊と電飾山車で、仮装の行列や見物客の人波まで引き連れ道幅いっぱい派手に繰り出してくる。ローソクの火を狙う孔雀がどこかへ消えたことだけが僥倖、振り向くと芝生に三脚立てていた素人写真家は何故か嘘のように姿が遠ざかっていた。芝目が動いたせいだ、とこれはすぐ思い当たることになる。

正面衝突を回避するにはどうするか、そこだけ明るいパレードはどんどん近づいてくる。後戻りはむろん想定外——笑う仮面の顔の群れ、調子外れのブラスバンドが耳を塞ぐよう。するうち波柵の半円の連続がくくと角度をつけて曲がりだし、行列の先頭は間一髪のタイミングで岐路へと大きく向きを変えていく。ドミノ倒しのように波柵が動けば遊歩道も動く、つられて芝生もどんどん動きだす。素人写真家を乗せた芝生のパネルはスライドして大池の側へ。松の影絵が右へ左へ滑るように動いていく、広い茶畑の横列が面白いほど湾曲していく様子もまざまざとわかり、すると動きに耐えかねて芝地のあちこちに白い空隙が生じ始めた。海峡に複数の渦巻きが生まれるように——そのひとつが急速に接近してきたと思うと、波柵の列に接触して不安定にやっと止まった。半円の竹棒がぴんぴんと弾け飛ぶ。

ローソクの火がめらりと煤を吐き、縦に縮んで不機嫌な極小サイズになった。

「いったいどこにバンカーが」

反動で元に戻ってきた写真家が女子高生の問題発言に文句をつけたが、どうやらずっと望遠のファインダーを覗いていて何も気づかないようなのだった。万一そこへ火を落とせば元のコースへ戻すのが難しいバンカー、しかし夜目を利かせてよく見れば芝は今も夜の潮流のように動き続けていて、うまく利用すれば姉のいる南まで簡単に往復できるとスワンは気づく。ただし芝を踏まずに済めばの話。

そのころ誰もいない筈のトラクターの荷台からむくりと赤目の男が起き上がる。これは照明光に満ち満ちた南の芝地での出来事。

移動中のタエの横顔を薄明るく照らすほど、反映の揺れ動く大池や中之島の眩さはついそこに。築山曲水八橋をめぐる遊歩道に見物客の姿もあるが、場違いな作業車の通過にわざわざ目を向ける者はない。まして運転するタエは背後の事態に何も気づかない。夥しく付着する芝の切り屑を荷台へ振り撒きながら、立ち上がった男はやおらタエの首筋へと猿臂《えんぴ》をのばす、しかし斜め上方より烈しい勢いで打ち倒され、真っ青な芝生の只なかへと背中から落ちていく。

ともすれば暗くなる炭火を吹くたび、鋭く口笛を吹くたびタエの頭上に呼び寄せられるものは増えた。視界の端では頻々《しくしく》と頭痛のようにほそく明るい電流が走る、頭上にはどうやら逆さの海面のように流動する生きた靄がある。運転しながら見上げると、月と赤い星のあるべき夜空は全体に粒子が荒れに荒れてひどい眩暈《めまい》を起こしているかのよう。星雲のようにゆるゆる動いていく複数雑色の渦巻きと化しているが、これは錯視だとタエは辛うじて理解する。追われて芝生へ踏み込んでからというもの、芝の切り屑は掃《はら》っても掃っても肌に貼りつき、鼻腔や口中にまで入り込んできた。べたべたと目が痒《かゆ》くてたまらず、膜で覆われたように顔が熱く息苦しいのはきっと何度も炭火を吹いたせい、というより何やら最前から空気でないものを呼吸しているような――、振動するハンドルを握りかねて目をやると、歪《いびつ》に大きくなった白い手がどうやらじぶんの手でないような。

荷台から芝生の只中へ落ちていった赤目の男については、折よくその場に発生した擬似バンカーが始末をつけることになるのだが、さいごに片手をあげて空隙に沈みつつ「次の場所で待つ」とひとこと言い残した。これはタエの耳に届かず誰の耳にも届かなかった。

ややあって、真っ青な芝地にぽつんと乗り捨てられたトラクターの荷台を一瞬だけスワンのバスケットシューズが踏んで通過する。あまりに一瞬すぎて誰の目にも捉えられないほどだが、これは北へ南へ忙しく出張っていく途上のスワンの姿。芝目に沿って流動していく庭石の類いを器用に足がかりとしつつ、勢い余ってポケットから荷台へ小さな落としものをしていくが、これはほんの些事。お使いの駄賃として貰い受けた玩物《がんぶつ》のことなど記憶の端にもなかったし、それより火を通す挨拶回りに気を取られて精一杯なのだった。――曲水蘇鉄畑梅林その他どの席にも座っていくのは当然として、次第しだいに前歯は緑に染まり菓子腹茶腹、主客転じてさらさら薄茶練る濃茶。「あれっダマになった」「あらまあ残念な子ねえ」等の場面もあったものの、のちの流言飛語として強《こわ》面《もて》の某所では花月の札の代わりに猪鹿蝶を引いていったとか、楽茶碗にサイコロ仕組んで丁半の勝負に及んだとか某老会長と一曲デュエットしていったとか。

そろそろ夜も更けて、パレードはちょうど正門から外へ出ていったところ。その場で散会して仮装の者たちもそれぞれの現実へと散っていき、ついでに閉園時刻ももうすぐそこまで迫ってくる。蓮池軒ではなかなか戻らぬ使いを待つまでもなく三々五々とひとが減り、新生児を運ぶ都合でボルボもいったん外へと出ていったあと。関係者専用駐車場の暗がりには菓子店の配達車だけが残される。のちの余話として、右肩上がりの茶庭灯籠が一夜明けてきっぱり左肩上がりとなった件があるが——鏡像かネガの裏焼きのように、と形容されることになる——〈塔《ザ・タワー》〉のカードが某所で裏返ったためだとは誰も気づかない。あちこちぶつかる胡乱《うろん》な者のせいで、裏返ったカードは実はこの他にもう一枚だけあるのだった。

赤目の孔雀は羽根を散らし、冷たくなって大温室付近の芝生に落ちているところを翌朝になって発見される。クチバシがひどく焼け焦げていて、まるで火を咥えたようだと発見した職員は密かに考える。トラクターの運転席に挿された正体不明のキーは琴瑟《きんしつ》相和して抜くことができず、バッテリーが上がるまでしばらくそのままの状態で使用されることになる。

さいごに磁器の火入れを取り落として地面で木っ端微塵となったとき、本来ならばタエは「そこで終わり」——これはタエという娘が芝の孔雀となる話。

川下に近い某所草庵を何者かが取り違えて訪れたという話、これは他聞を憚《はばか》る災厄の記憶として内々に伝えられることになるのだが、ひと足ごとに畳は沈む鴨居は折れる。運び込まれた火の気に応じて釜の炭火は息を吹き返したが、逃げた席亭と入れ替わり、まず取り柄杓の所作で細竹の柄はへし折れた。小さすぎる棗《なつめ》の蓋を摘んで持つことができず、いちめん中身を零して立ち去ったあとには罅《ひび》が走って転げた茶碗。鞐の飛んだ足袋のかかとから蹴爪が出ていたようだと密かに伝える者もいた。
暖かい灰のなかから地面へと転げ出た丸管炭《まるくだずみ》は素手で摑んだ。火入れを取り落としたのはどうにも持っていられなくなったからだが、わずかに赤く呼吸する炭に触れ、変形に変形を重ねたその手はぽっと頼りなく引火する。

——

結局のところ、タエのさいごを親しく迎え入れたのは暗い大温室からひそひそと現われ出た幾つかの人影だったのだが、その場を目撃したという者もなく、人影の正体についてはこの件に何の関係もない話。該当の夜に限って大温室内部に鳥のような枯れ草のような女たちが存在してカードなど操っていたということ、そこに理由があるとすれば、取り壊し直前の大温室の側に何らかの事情があったものと思われる。——ここまではるばる距離を越えて辿りついたのはわずかに燃える右手を掲げた芝の孔雀、頭上の闇にはしきりに放電して明るい火線を走らせるものが混じり、夥しく地面に引き摺られていく芝草はぼろぼろ脱落しつつ裾長の飾り尾のよう。腫れ塞がったまぶたは緑の混沌に埋没し、胸郭はがさがさと肥大して両肺は雑音の嵐。夜気を掻き乱すように空気でないものをかつがつ呼吸するとそれは鬼哭《きこく》に似る。左右から囲んで迎える者たちは地面にながく裾を曳き、ほそながい首に正円の白い頭部。そのとき頭上の闇に従ってきたものは温室入り口から進入することができず、汚れのひどい外壁ガラスの表面へと流れ、しばらくのあいだ無人のその場を静かに照らしていた。

電飾中の川中島Q庭園は大きく大きく蛇行して流れる夜の川のなか。今は誰も見ていないが、発光する蟻塚のような塔《タワー》が呼応しながら地平のあたりをゆっくり移動している。そして無闇にぶつかる者が場の平衡を乱す、最強の星のカードが裏返って宙に舞い、ひらひらと行方定めず消えていく。

――

スワンが喋っている。

「ちょっといろいろやり過ぎたかな。反動が怖いや、けんのんけんのん。この道をこう行けば、今夜のお使いは終わりだね。あねじゃはどうしていることやら、あのひと何だか頼りないというかウェットだからさあ、いもうと相手ににじとっと色気出されても困るんですけど。しかしいつの間にか秋になったもんだね、虫は集《すだ》くし萩にススキ、秋の七草だよどうなのこれ。ミツンはもううちに帰って猫でも抱いているかしら。それならいいんだけどね。大事なミっちゃんなんだ」

「あっ電気消された。うわ真っ暗。うわほんっとにぜんぶ消えたよ、やっだなあもう、誰だよ急に電源落としたの。ライトアップもう終わりかよ、このちっぽけなローソクの火だけじゃあ、たいして何も見えやしないよ。それに帰りはいったいどうすればいいんだか。ああもう歩き難いったらありゃしない。うわ芝踏んだ。踏んじゃったよどうしよう。波柵がないなんて。仕方がないから、こうなればどんどん踏んでいきますよ。妙な歩き心地だなあ、ふかふかして気持ちいいけどあれあれ、これは変な気持ちというか、変な歩き心地ですね。あれあれあれ。うわ。ああっ」

「――これはもしかしてそういうことですか。いやいや口に出してはとても言えませんが。非常に歩き難いとかそういうことはとてもとても。制服のあちこちがきつきつだとかすかすかだとか、スカートが心もとないとか――まさかまさか、じぶんが男になってしまうとは思いませんでした。って本気かよ、一人称も変更して俺になるんだろうか。なにこの低い声。あっ喉仏。おかあさん、あなたのスワンはうちには帰れない身の上になってしまいました。明日は普通に学校あるんだけどなあ、ああいったいどうやって登校すれば。女装して行けばいいとでも。あ、それ無理。無理無理無理ぜったい無理。これは本気で今後の身の振りかたを考えませんと。誰か頼るか。などと言っているうちに陸の亭舎が見えてきましたよ。中に誰かいるかな、ああよかったまだいるいる。女連中には見捨てられたのかね。そこで寝ているせんせいにひとつご相談ご相談」

Ⅱ　不燃性について

移行

乾いた夏の終わりに初秋が混じり、これは若いGがじぐざぐの山の頂上へ至るまでのおおよその経緯。Gは一見して外回りの勤め人らしい尋常な身なり。短髪独身。降り立った単線駅のロータリーには店の一軒もなかった。残暑の陽射しがまともに照りつける無人のタクシー乗り場に飲料の自販機があるのみで、車道を挟んで向かいは無愛想な民家の高い塀、その角を曲がったところから一応駅前通りを形成するらしい道筋が行く手に伸びている。——覗いてみると暖簾《のれん》を下げた小店が一軒か二軒、夾竹桃《きょうちくとう》の花の紅と白、地場産業の商家に横付けしたトラックが荷の積み下ろしをする他はどこも木造らしい民家ばかり。子ども相手の学習塾、結構大きめのマンションが一棟だけ、ひるまの駅前筋に人影はほとんどない。

そして目についた定食屋に入っていたとき誰かがGに話しかけてきたのだったが、そのとき店内のテレビ画面には地元Q庭園の大温室が無残に取り壊される様子が映し出されていた。以前から老朽化が問題となっていたことに加え、夏に軽い小火《ぼや》騒ぎがあった件にもニュースは触れ、渇水が続くとともに何故か火事の件数ゼロの日が長く続いていること、そのなかでの珍しい小火騒ぎとして現場検証の折の映像も一瞬だけ挿入された。燃えたのは芝草の小さな山のようなもので、誰かがわざわざそこまで運び入れたものらしいとローカル局のアナウンサーは細かいことまで言った。

「あれは何しろたいへんな日で、たいへんな夜だった。狭い結界内に何もかもがいちどきに集中して、まるで島ぜんたいが沸き返るようだった」

話しかけてきた相客はそのようなことを言い、しかし箸を置いたGは鞄やポケットを探るのに忙しく、まったくそれどころではなかった。——「集合日の多発地帯になっていたとでもいうか。しまいに場の札が裏返ったが、滅多とあることではない」

「あの」と奥へ向けてGは声をあげた。「路線バスは廃止されたんですか」

「もう走ってないよ」面倒そうに店主が応じた。「町内を巡回する無料のバスがあるが、それも朝晩だけ」

「山へ行くにはタクシーになりますかね」

「まあそういうことだね」

顔色を悪くしたGがさらに鞄の底を掻き回していると、「財布かね」隣のテーブルの客が再び話しかけてきた。「中央駅で切符を買ったときには確かにあったのに」「山には何の用で」——ほそぼそ話すうちに、大事な財布の中身であるあれやこれやのことが急激に思い出され、身分証であり命綱である一切合財、なくすと大変困る領収書や連絡先の走り書きなど、しかも珍しく大金を補充した直後のことで、ショックで気分が悪くなるとともに純粋無垢な哀しさが押し寄せてきて、もはや自制も難しくなってくるのだった。

店主が近づく気配があり、顔を見られたくなさにGは思わず顔を伏せた。涙目になっていたのだ。

「――むかし子どもの頃だったか、山で妙なものを見た記憶があるんですよ。折々に思い出すことがあって、あるいは夢で見たことと区別がつかなくなっているのかもしれないけど」

やがてあれこれ出来事があったのち、Gは懸命に考えながらそのようなことを喋っていた。走行中の車の助手席という願ってもない位置に収まってのことではあったが――しかしいくら場つなぎのつもりとはいえ、よりによってこの緊急の際に妙なことを喋っている、その自覚はない訳でもなかった。

「山腹の駅舎でね、乗降場がとても長くて急な階段になっていて。それが乗り場と降り場の二列あったんですよ、あいだに乗り物が入る空洞部を挟んでね。わかりますかね、登攀車輛《とうはんしやりよう》用の軌道もあったと思うし、つまりケーブルカーの駅舎であることは明らかで。でもその場をふらふら循環しているのはロープウェイの小型のゴンドラなんですよ。四人乗りくらいの丸い奴、きっと屋根の下あたりに索道があったんでしょうが、でもこれは絶対あり得ないですよね。たるみのある部分では露骨に階段より沈み込んでいるし、何よりふらふら不安定に揺れているし、これはないと思うような危なっかしさで。けっこう大勢の客がそこにいて、それぞれ勝手にドアを開けて乗り込んだり、降りる客のほうはタイミングを見て階段へ飛び移る感じだったような。そんな記憶があるんですが、いったい何だったのかと」

「何もその程度のことで驚くには当たらない」前を向いて運転中の男が応じた。「――それではこちらも教えてやるが、山中の雷はいつも同じ窪地に落ちる。要因は地中に含まれる丹であったり、理由は複雑でさまざまだ。その場の倒木を見れば、中身だけが真っ黒に焼け焦げていることがよくわかる。外皮は生木のままだが、当然大きく裂けているからな。そういう代物があちこち転がっているのを、山から山へ渡るうちによく見かけたものだ」

男の四駆車の車輪や車内の床は確かに山土でひどく汚れていて、意外に近いインターから高速に乗るとあたりはじきに山の景色になった。定食屋の主人はGの免許証なりと預からせてもらうと主張したのだが、割って入った男が押しのけて、さらに揉め倒して隣の駐車場へ移動してからのことは成り行き任せとしか言いようがなく、

「山の事務所まで届けるものがあって。じぶんは初めての場所で」

「ここから海は近いようで遠い。おまえがこれから向かう場所とはまったく正反対の方

角になる」――運転席の男はいつの間にかそのようなことを話していた。今にも警察沙汰になるというところ、急に気が抜けたようになってしまった店主のことを思い返すうちに分岐のカーブがあり、緑の山腹に小洒落た住宅街が現われて、最前列の白い塀が目の印象として残った。

「海沿いの岩山あたりはハンググライダー愛好家の格好の拠点となっているし、同時にまったく髪のない丸いあたまの女たちが隠れて多数棲みついていたりもする。が、これらはまったく別の話になる。おまえは今から正反対の場所へ行く」

「でも紛失届けを出さなくては。財布にはカードも保険証もあったし」

上の空のGは両手で膝を探り、そして動揺のあまり思わず走行中のドアを開けそうになった。「鞄がない。鞄が。駐車場に置いてきた」

殴られた、と理解したのは痛みよりも胸に散った大量の赤いもののせいで、以後のGはすっかり竦《すく》みあがり、思考停止状態になっていたとも言える。


――

そして視界の奥に出現した巨大なじぐざぐの山は乾いた陽射しのなかでひときわ威容をもって聳《そび》えたち、採石場の真っ白い崖が上へ上へと切りなく階段状の層を成す有り様はいかにも圧巻、各所に点々置き放された重機類がまるで蟻のように小さく窺われる。

麓の一帯では地味に燻《くすぶ》った社屋や作業所の類いが小さな団地となっていて、山の事務所とはこれのことだったのか、しかし男はきっぱり中天の方向を指してGの下車を促すのだった。

気づくと乾いた血まみれのまま、Gはよろめき汗を垂らしながら炎暑の傾斜を登りつつあった。「おまえが徒歩であちら側へ渡ることが肝心なのだ。ラインを通すというのか、とにかくそういうことなのだ」——喉の渇きと登攀の辛さだけが今は確かなものに感じられ、荒れた土を踏みしめる音以外に何もない真空地帯へ入り込んだかのよう。蟬の声さえ不自然に消失していたようで、頬に痣《あざ》のある男から言い渡されたことはまるで意味をなさないのだった。

「不燃の秋の側ではこちらと違って石も成長するし、目と目のあいだが寄って変形したにんげんがいたりする。見た目と中身が入れ違っていたり混じりあっていたりもするが、しかしこちらの知ったことではない。果たして山は光るかどうか。おまえがこの先に見るものは、今から親切に教えてやるが、塵芥処理場だ」

さいごに遠く見下ろすと、男の姿は真っ白な採石場出入り口付近にあって律儀にこちらを見送る様子があった。足元を布で巻いた妙な身なりであったことも思い出し、よくよく見れば四駆車の日陰に黒っぽい犬がいるような——しかし何分にも遠すぎて、はっきりとはしないのだった。

視線を戻し、苦心惨憺《さんたん》尾根の突先を這い登り、さて思いきり先へと顔を突き出すと。
Gの退場と消滅。

眠り

――そして季節は不燃の秋、こちらの側ともなれば夏の記憶も遠ざかり、Kは仕事帰りに立ち寄った地下公営浴場で路面電車の運転士に出会った。専用にカスタマイズした車輌を有し、何より精神の自由を希求するという女運転士に。川端の古い公会堂が公営浴場の出入り口を兼ねていて、正面の電停を含む街路樹の列は黒々と、開け放しの煌々と明るい玄関ホールには筒抜けになって秋の夜気が流れ込んでいた。
日々に通うほどの余裕はなく、しかし火が絶えてからというものますます味気なさを増したひとり住みの住居へはたやすく足が向きかねるのだった。ホール横手から幅広の石階段を降りていくのだが、中央の手摺が折り返す薄暗い場所ごとにぽつんと動物の彫像が上に載っている。牙の切断面がふたつの正円になっている象であるとか、妙に色気のある目つきの四角い牛であるとか、それぞれ違う方向を向き薄闇にまったりと沈み、ついつい手を出して感触を確かめてしまうのだったが、地下三階の暇そうな受付でロッカーの鍵をもらうまで誰にも会わなかった。

妙にくっきりと通る声がどこかでしきりに喋っている——漠然とKが意識したのは温水中にゆるゆる入ってからのことで、下の階の売店で、と声はくっきり喋っていた。

「卵をね、うでて売っているんですよ。この下の階で」——それに対し、受け答えしている相手はどうもかなりの年配者のよう。夜も遅めの水浴客の数は点々とまばらで、会話の内容についてKが思い当たることは少しもなかった。

「——え、下の階。下とは」

「だからつまりね、地下四階ですね」と返答はきっぱりとしていた。

「四階。すると五階もあるのだろうか」

「いや、卵は地下四階でうですね——専属の職員がいるので」

「ほう専属」

「売店で注文をまとめてですね」

話し声は反響をともない、温水プールの温度設定は適切というには相当に心もとなく、泳ぎ出してもなおかなり肌寒かった。一部だけコースロープが張られた区画でしきりに説明を試みている人物は白い水泳帽が遠目にもよく目立ち、額にゴーグルを押し上げて、豊かに肩幅が広いらしく、声と見た目だけで女だとはすぐにはわからなかった。そのうち水面のフロートに肘をかけたので、いかにも脂肪層が厚そうなつややかな腕が印象に残った。

「注文分を金網に入れておくんですよ」

「金網にねえ」

「遠いのが難点で」

話し声は水音のなかに遠ざかり、地下公営浴場Aブロック温水プール地区では地階らしくもない立派な斑《ふ》入り滑石《なめいし》の丸柱がすくすくと水際に列をなし、これらが上階三方向に及ぶ階段式観覧席の重量を支えていることが――水上のどの角度から眺めても――構造としてよくわかる。泳ぐ視界では柱に柱、その反映に反映が入り混じり、水中は暗くて明るいひかりの紋様で満たされ、そして水底の方向から間歇《かんけつ》的に押し寄せてくる水流の温かさが確かに感じられる。プール中央部の黒い底穴から大量の高温の湯が補充されるためで、この骨身に沁み入るような快い温熱は世間で取り沙汰する不燃の秋の様相とはまったく相反するのだが、しかし地階の奥底深くともなれば見逃されているのかもしれず、この件についてKの聞き及ぶことは特に何もなかった。

そうして二往復ほど泳いだのちのこと、思いがけずKは正面から話しかけられることになった。

「あたしの電車を外に停めていますから、帰りは乗っていくといいです」

息を弾ませた声、水を滴らせる相手の顔の生き生きとした血色にはっとして、そのとき急に目が覚めたような心持ちがした。──その直前、何しろたいした勢いで一直線に泳いでくるので、レーンを譲るためにＫがフロートを潜ると相手も同時に潜り、そうなると温水は掻き乱されて胸もとの深い谷間なども不穏に見え隠れしたのだったし、しかも普段からよく知っている顔だと急に気づいたのだった。

相手の口調が何らかの交渉を匂わせるものだったので、Ｋは戸惑い、特に意味のないことを口にした。「それはつまり、四系統外回りということかな」

「ええ、外回りだから直接旧市街へ回ります」

いつもの通勤電車で見る女運転士は顔の水を切り、押し被せるようにさらに言うのだった。「都合がいいのでは」

「こちらの都合がわかるとでも」

「湯冷めせずに帰るほうがいいでしょうに」

「そうかな」とＫは急に気づいて、「というか、ほんとうに外の電停に停めているんですか」

「だからお誘いしているんですが」

「そろそろ操車場へ戻る時刻なのでは」

「まだ時間はあるんです」

「そんな無茶な」

「このひとはね」と急に横手から誰か割り込む者がいて、「道連れを捜しているんだよ。注文品を受け取りにいくのにね」

いつの間に近づいていたのか、年配の男客が機嫌よくゆるゆる泳いで通過していくのをまったく無視して女運転士は話を続けた。

「——特に事情をお話ししてもいいんですが、市街の外回り循環路を規定の回数だけ周回するのがあたしの仕事なんです。むろん数字は週末と祝日には変わりますが。とにかく単独で一方方向の循環路ですからね、運行表の筋が交差する心配などもない訳で、こうなると運行の詳細はけっこう自由に任されるんです。特に遅くのこの時間帯は。外聞は多少はばかるんですが」

「何だか誤魔化されているようだけれど」とKは困惑したまま、「時間どおり来ないわけだ」

「どのみち何をするにしても、軌道上しか進めない身の上ですから」

「意味がありそうに聞こえる」

「でもその限りにおいてあたしは自由だと思っているし、できることは意外にさまざまあるんです」——身振りまで加え、女運転士はそのように主張するのだった。

底の知れない温水は相変わらず目を惑わすひかりの紋様でいっぱいで、そしてかなりの低音で喋る目のまえの相手が年上なのか年下なのか、Kは今ひとつ確信が持てないままでいた。無灯無人状態で暗がりに停まっている電車の車輛ならば見た覚えがある、それも公会堂正面の電停で、と記憶がとつぜん閃いたのだった。「——当局から何かと目をかけてもらっているのは伊達ではないんですよ。いったい少しもお聞き及びではないのかしら。こう見えて誘いは他からもあるんです。意味なくここへ立ち寄っている訳ではあるまいし、女だからと甘く見てもらっては困ります」

そして相手は先を急ぐと言わんばかりに、

「何しろ待たせているのでね。ちょっと一緒に来て、上げ蓋を押えていてもらえると助かるんです」一方向を示し、Kを促すのだった。

その後の事態はほとんど滞りもなくすらすらと進行し、制服の職員が掃除用の網を持って巡回する石柱通路を大きく迂回し、プールサイドの一方にちょっとしたステージ状の場所があるのだが、その裏手の床に問題の上げ蓋があるのだった。どう見ても排水口の蓋のような——厚手のタオルガウンを着込んだ女運転士は肩幅と胸のせいか妙に着膨れた姿になっていて、垢抜けないその様子もまた悪くはないとKには思われたのだが、さてとどこからか重い鉤爪つきの鉄棒が出現し、実際に手渡されてみれば怯む気持ちも当然起きるのだった。

その夜を通じてKは密かな観察を行ない、ひとつの印象を持つに至るのだったが、すなわちその場におけるものごとの動きというものはどうやらこの女運転士の身辺に集中する傾向があるらしいのだった。その傾向はどう見ても顕著であると言わざるを得ず、そしてさらに言うならば、一切の動きを引き連れて彼女が通過していったあとには反動としての沈滞が残るのであるらしい。そのような原則が発動している証拠のほんのささやかな一例として、たとえば口を挟んで離れていった年配の男客は灰いろの背景と広く点在して浮き沈みする水浴客に紛れ、いささかなりと癖のある個性と色彩を持っていたことが嘘だったように今はまったく見分けもつかなくなっているのだった。

重い上げ蓋のつまみを鈎で引っ掛けて持ち上げると、当然のように下りの鉄梯子つきの降り口があらわれ、女運転士はといえば慣れた様子でどんどん潜り込んでいく。かなり肌寒いこの場と違って下は暖かいらしく、面倒な蓋には鉄棒でつっかいをしてKもあとに続いていき——濡れたゴムサンダル履きで大型タオルを羽織っていては、何かと身動きが不自由なのだったが——そして漠然と予想したとおり、剝き出しのダクトが岩天井を這い回るという閉鎖的な雰囲気の空間に出た。ぽつぽつと吊り下がる眩《まばゆ》い裸電球が今にも顔にぶつかりそうな、そう思ったのは歩き出してからの束の間で、要所要所に貯蔵タンクらしきものまで備えた地下世界のダクト群は意外なほどひろびろ大規模に展開し、行方をざっと目で追ってみただけでも浴場のあるBブロックを軽く越え、さらに四通八達しているように思われた。見た目が空調用のエアダクトとしか見えないので、ダクトとしか呼びようがないのだがむろんそうではない、大量の湯を供給するための設備なのであって、どれもがあからさまに盛んな振動の気配を持ち、同時にじっとりした温かさを周囲の闇へ放出している。ボイラーらしきものはどこにも見当たらず、地上は不燃の秋でもこの地下深くに限っては地熱と温湯が存在するという不思議、鉄板の継ぎ目によっては硫黄臭のある湯の花まで噴いているのが認められ、よもやこのような階に売店が、Kが思ううち前方に見えてきたのがまさにそれなのだった。

「ああ」「まさにね」——自然に声が出て、財布がロッカーだと気づいたが、まさにどうでもいいことだった。

あとになって思い出してみても、そこだけ際立って明るい小さな売店はあかあかと強い輝きの光芒を四方へ放ち、今にもゆっくり回転しながらどこかへ飛び立っていかんばかり、遠くからも異様なほどよく目だった。大量の裸電球とコードだらけの構造物の直下にまばゆく反射するショーケースの列が見分けられ、その他に平台のワゴンや商品棚がいくつか。溢れた売り物は賑やかに束ねて吊るしたり床に並べたり、地下深くであることを除けば一種の露天商状態であるとも言えるのだった。

「職員の削減でなかなか交替が来ないので、このひと気の毒なんですよ」

相変わらずゴーグルを押し上げたままの女運転士が説明するとおり、ぼんやりした表情の中年の女職員がひとりで腰掛けて店番をしていて、何かを入れた籐の籠を大事そうに膝に抱えている様子がまず目についた。品揃えは売店といえば売店のそれで、生もの以外の食品日用品から簡単な実用衣類に至るまでが満遍なく揃えられ、無意識に物色する目で見てしまうのだったが、病院の売店あたりがたやすく想起された。食品ではあからさまにパッケージの意匠の古い菓子類に乾きもの類も平然と混じり、何のつもりか安物の革製品、作業着に作業靴の在庫の山など、Kはショーケース内にあったデッドストックらしいピンバッジ類が少しだけ気に入った。問題の茹で卵は別扱いの様子で確かに売られていて、網になった吊るし籠に一定数ずつ集めたものが大きな束になり、どう見ても底のあたりにまだ水気が残っている。連れの女運転士はいかにも予約済みという様子で幾つもの籠を取り、ガウンのポケットから代金を取り出すのだった。

「あたしはもうこれで三日めですよ」

音をたててレジを操作した売店の女職員は少しだけ血色が戻ったようで、身じろぎして訴えてきた。「ご覧のとおりで、店じまいができないから離れることができないし」

「職員用の売店ですかね、ここは見たところ」念のためKが尋ねると、

「ええそう。ダクトの点検員などもよく来ますね」

「そうそう」女運転士も同意して、「ずいぶん遠いところからでもね、やって来ますね」

「そうよね、わざわざ遠くからねえ」

女ふたりはさざめくように声を揃えて言うのだった。

卵はどこでどのように茹でるのか、何とはなしに想像がつくのだったが、目をやると

連れが薬袋らしいものを手渡すところが見え、受け取った売店の女職員はいかにも嬉しげな様子になり、いそいそとチューブ入りの軟膏を取り出した。籐籠に収まっていたのは汚い小型犬で、これは見るからに禿げ散らかして疥癬《かいせん》でも患っているらしく、触られるのが厭《いや》なのか一人前に唸るのだった。——受け持ちの路線で頼まれごとを引き受けたり配達したりすることは女運転士のルーティンワークになっているようで、その夜もKを同乗させて帰る道みち、急に車輛を停めてはひとりで道ばたの家屋へ駆け込んでいくことが何度もあった。対象は暗く質素な町家であったり、高い窓に灯りがひとつ灯った屋敷であったり、ノッチを刻んで加速した状態の電気軌道車をなめらかに減速するには技術が必要であるらしく、制御把手を巧みに操ってブレーキシリンダの空気を小刻みに満たし、徐々に圧力を高めていく。そして思う位置にぴたりと静止させる、その操作を数度にわたって繰り返し、各所へ配達し終えた残りの卵についてははらはらと殻を剝き、片手で操車しつつ器用に頬張るのだった。

　暗い大通りから紅葉の造花で飾られた旧商店通りへ入っていくと、車輛の左右はどちらもすれすれに袖看板や街灯の鉄柱を撫でていきそうで、とうに店じまいしたすべてのショーウィンドウとガラス戸の奥には青みの勝った照明があり、どこもまだ明るかった。親しげな態度の女運転士に操車を任せ、秋の夜更けに運行時間外の路面電車を走らせるのだと思うとKは何を見ても物珍しく、それでも湯冷めしたのか薄ら寒さと冷えを感じ、ひどく強力な眠気まで差してきてついついうつらうつらしてしまうのだった。重い瞼のすきまに食事どころの逆さの椅子と床が見え、白衣の店主の背中と後頭部が映る散髪屋の鏡が見え、それから夢のように青く染まった店舗内の婦人服や医療用品やミシン、碁会所の対戦席の列に古本屋の帳場などが次つぎあらわれては目の記憶として溜まっていった。ただし気のせいか、車内後方の暗いあたりで寝込んでいる乗客が他にもいるように思えてならず、しかしそれは車輛が潜在的に抱える気配のようなものであって、このまま操車場まで行ってしまえば問題なく消失してしまうような気もするのだった。

Kが電気軌道のカーブに面した古ビルの最上階に住んでいると相手に把握されていたことは意外でもあったが、

「だって、弟があそこの二階にいますから」

「それでは劇団員なのですか」

その夜は丁寧な口調で喋ったが、乙種電気車運転免許を持つ女運転士とじぶんがつきあうことになるとは思っていなかった。ゴーグルとゴムの水泳帽を取ったとき豊かに太い三つ編み髪が腰まで落ちた、それを制帽に丸め込み女運転士はミツと名のった。

受難

未だごく若いQは婚約中だった。所属の素人劇団は勿体らしく幻魔団と称して稽古場兼オフィスを古ビルの二階に持ち、もったりと波打つ数多くの窓ガラス面と砂岩とで構成されたこの古ビルがまた、称して三角ビル。電気軌道のカーブに面してほぼ三角の敷地となっているためで、上階は研究生の下宿及び一般のアパートになっている。——その廊下の共同炊事場で強烈な悪臭をはなつ魚の干物を日々焙《あぶ》って食べる習慣のある男がいて、あらゆる苦情をものともしないのだったが、不燃の秋となってからは気が荒れること夥しく、誰もその傍に寄りつかなかった。どこか遠くの沿岸部にあるという発電所からはるばる送電されてくるので、電気は今のところ滞りなく届く。しかし汚い電熱器に直接干物をのせてみても、乾燥した魚類はわずかな悪臭を発するばかりで、いつまでも硬く干からびたままでいる。赤くなるべき電熱コイルは不機嫌に白っぽくなるだけであって、気長に待ってみたところで故障不良品の汚名を雪《そそ》ぐことも難しいのだった。

「Qよ、おれは頭骨ラボへ行くことにした」

そしてある日嵐のように駆け込んでくるなりそのように宣言するので、自室で婚約者宛の手紙を書きかけていたQは驚き、咄嗟《とっさ》に手のひらで握り潰しながら相手の力んで膨らんだ両の鼻翼を見上げた。寝台と椅子と小さい書棚でほぼいっぱいの部屋で、布団に本など当てがって妙な姿勢で書いていたのだった。

「頭骨ラボってまた」

「茹でて煮込んで残った肉をこそげ取るのが仕事だ。ラボは山の上にある。女の事務員や研究者が何人もいて、住み込み只飯つきだぞ」

その男トワダは言い、ふざけて格闘技の技をかける振りをしながら手紙を奪おうとするので、Qは身振りでもって抵抗を示した。劇団の出資者が頭骨蒐集《しゅうしゅう》家であると聞いたことはあったものの、資金難を理由に団の活動がほぼ停止している現況で、そのラボとやらへ行く理由はよくわからないのだった。

「知っているか、山頂は不燃ではないのだ」

「返して下さい、手紙」

Qは言い、相手がひらひらと皺苦茶の紙をかざして手の届かないところへやろうとするのへ体当たりを試み、惜しくも半分に裂けてしまう結果となった。

「おお、どれどれ何だって。かねての約束の履行は困難となり、延期を申し出ることの心苦しさをどうか理解して欲しく――」

「困りませんよ、どうせね」憤然と奪い返しながらQは言った。「それよりここを出るというのなら、あの部屋を何とかしたら。きのこが生えているそうじゃないですか」

揉み合う最中あたりから両者の耳に呻くような黄色い嬌声が届いており、カーテンを開け放した窓の外にはフェンスに鈴生りの娘たち――というのは、近接する背の低いビルの屋上での様子がほぼ真向かいに見えているのだった。

「ラボは日当がいいんだ。お前も日銭を稼ぐつもりがあるなら、口をきいてやってもいい」無駄に大男のトワダは何も見えない聞こえないふりをした。「ここに残っても明日の当てはないぞ。おれに碌《ろく》な役を振らなかったことの報いで、座長はどうも夜逃げした様子だしな。荷物は持っていけないから置いていく、あれはおれの部屋だ」

「ぼくの本と時計と鍋とそれから――」

「行く先を尋ねられたら、適当に答えておいてくれ。借金は帳消しだ」と相手は早くも背を向けて、「おっと、こっちにある手紙は何だ。別の女あてなのか」

出ていきながら、付け足すことは忘れないのだった。

慌しく嵐が過ぎ去ったあと、外野席もそろそろ満足した頃合いと判断したQはカーテンを引き――残念そうな嘆声、及び口々に呼びかけてくる声もあったが、ともすれば大挙して押しかけられる煩わしさと引き換えの行為なのだった――それから時間をかけて下手な字で手紙を書き直し、少し考えて二通を重ね、内ポケットに納めてじぶんも部屋を出た。三角ビルの尖りに近い北側は水場になっていて、水道の蛇口が横一列に並ぶ共同炊事場の洗い場には通りすがりにどうしても目が行ってしまうのだが、その蛇口の列がこのところ容易に見逃せないほどひどく乱れている。折しも季節は不燃の秋の真っ只中、とは言っても北向きの窓の外にはプラタナスの豊かに黄変しかけた葉群があって、存外に明るかった。反面薄暗い水場の蛇口は影を曳く乱杭歯のように壁面から歪《いびつ》に飛び出して、あちこち横を向いたり、反対に引っ込んで亀裂に半ば埋もれたり——このごろどうも壁石が動いているようだと先輩格のトワダが言っていたことをQは思い出し、手近なカランをひねると日陰の水はそれでもささやかな勢いで迸《ほとばし》った。

このままいつまでも何事も起きずに続いていけばいい——漠然とそう願いながら捻れた水流を止めたのだったが、階段ホールを通して下階の稽古場から人声が聞こえ、どうやらQを捜すらしい様子が窺われた。またも押しかけか、反射的に閃いたものの、足音を忍ばせて降りていくと、幸いなことに最悪の事態だけは免れている様子だった。

「——おお、あたしの予言を聞きなさい」

Qの通過を目ざとく発見して呼びかけてきたのは蓬髪《ほうはつ》の女座員のHで、これは大量に重ね着した不衛生な姿で誰からも相手にされず、予言を無視されることを生き甲斐として稽古場に生息しているのだった。

「明日と未来の予言を聞きなさい。不運なQは二度怪我をする、蛇の尻尾を追いかけて——」

「あなたね、明日からラボへ行ってもらうわ」

つけつけと言いながら座長の妻がHを押しのけ、最前からQを捜していたのはどうもこれらしく、前髪を厚く垂らして逆三角に頬がこけたきつい顔の女なのだった。

「雑用の日雇いとはいえ、有名な研究所へ行けるなんてね」と相手は妙に急ぐ様子で、露骨につくった皺の多い笑顔になり、「日当は団の運営費として還元してもらうことになるけれど、これもあなたのためなのよ。修行と思って汚れ仕事でも骨身惜しまず、オーナーの機嫌取りのためならば人体実験の志願でも夜伽でも、という勢いをまず望みたいわね。明日からと言わず今からでも――」

「それ女のひとなんですか」

「怯えなくてもいいのよ。これは支度金、小遣いになさい」

ごくごく薄い封筒を手渡され、Qは一瞬だけ脱力するほど強力な安堵感に見舞われるのを覚えた。金欠による苦しいバイト生活、少しでも送金、同時にふたつ頭に浮かんだためだが、「でもこれ受け取れません」金一封は再び差し出さざるを得ないのだった。

「――あなたという子もよくわからない子よね」

何か別のことを言いかけて思い直したらしく、座長の妻は嘆息交じりに再び言い出した。「自信があるんだかないんだか。女の子が妙に騒ぐから、座長が見込んで役をつけてみたけれどあの始末よね――打ち明けて言うなら、他から口があるのならもう行ったほうが身のためだと思うのよ。こちらもいろいろ整理しなくちゃならないのよ、わかるでしょう」

「でも座長は何と。いまどこに」

「――一歩も出ていないわよ、上の部屋から」耳元でHの囁き声が言った。「奥さんは誤魔化しているけど」

先ほどから背中に体温が感じられるほどぴったり密着して何をしているかといえば、ふざけてQを撫で回すふりをしつつ明らかに宙に浮いた金一封を狙っているのだった。「何ですかやめて下さいよ」控えめに言いながらQは振り払おうとしたが、予言癖とともに手癖の悪さでも知られる相手は左右二本の腕を巧みに駆使し、敵う相手ではないのだった。

「もう何日も部屋から一歩も出ていないわよ。でもずっと何の物音もしないの」「――君ってね、要するに取り引きで売られたのよ」

立て続けに耳元で囁かれるあいだ、何か誤解したらしい座長の妻が前髪の脇に太い青筋をたてるのがわかり、Qは焦って振り切ったものの、不衛生な衣類の異臭がむっと押し寄せ息が詰まる始末。

「すぐに片付けて、何も残らないように」

指示に従って残留組の座員たちが登場し、Qのロッカーのわずかな私物がてきぱき箱詰めにされていく。「次の公演にはいい役を振ってあげるつもりなのよ」「親心と思って安心して」しきりに言い繕う座長の妻はしかし指なども震わせ、うろうろと不安げな挙動を示すので、何に対しての不安なのかわからないことがさらにQの不安を煽るのだった。

「じぶんの籍は残るんですね、団に」

「そう、そうなの。何も心配はないのよ。あたしがこれほど苦労しているのに、亭主は今まで少しも——ああ、こんなときに煙草も吸えないなんて」

「でもあの、あれはいったい誰、何なんですか」妙に騒がしい廊下を指してQが尋ねると、

「ラボの迎えなら明日のはず。いや、迎えなど来る筈はないわね」相手は露骨なまでに視線を泳がせた。「上の部屋もついでに片付けさせておくから、あなたもう行っていいわよ。明日の昼までに到着していればいいのよ、麓駅までは電車が通っているでしょう」

「行きたくないんですが」

「あたしは気が変わったの。行っていいわよ——ああ一本でいいから吸いたい」

「でもここれは」とQはどもった。「ほんとうにラボの迎えではないと」

「さあどうかしら」

がっしりと左右同時に腕を取られたQは仰向けに足元を掬われ、一気に後方へと引き摺《ず》られていった。——充分予想されていた事態であるとは言え、周囲のおよそが埋まるほどの人数による婚約者一族の押しかけ、来襲だったのであって、こうなれば誰が誰や

ら、どさくさ紛れに二三発痛いのをお見舞いされたことだけは確かだった。存分に翻弄され尽くし、逆さになったQの視界の隅には小さく床に蹲《うずくま》ったHがいて、これはほんの一瞬の印象だったが、巧みに掏《す》り取った二通の手紙を開封しむさぼるように読む様子。金一封のほうは無意識に死守したらしく、未だQの片手に握られていた。

「おお、今とこれからの予言を聞きなさい」

そして歌うようにHは言うのだったが、まともに耳を貸す者などこの場にいないのは当然と言うべきことだった。「——受難のQは今日が始まり、今宵めでたく宴の席に。抱えた爆弾が破裂するのは時間の問題——」

「でもね、これって全然予言なんかじゃないわよね」

しばらくののち、誰もいなくなった稽古場にHだけがぽつんと取り残されて、相変わらずひとりで勝手に喋っていた。怒濤の勢いでQが連れ去られると座長の妻その他も姿を消し、蹴散らされた過去公演のあざとい絵柄のチラシ類も舞い飛ぶことをやめ、今は静かな残骸となってそれぞれの場所に居ついている。「——だって皆、この手紙に書いてあることばかりだもの。予言だなんてもともと本気ではないにしても、これほど楽勝の予想もないってものだわ。問題は聞いてくれる観客がいないということで、こればかりはあたしの宿命、抗えない運命なのよね」

昼間から灯っている蛍光灯の一本が切れかけて苛々と不安定に明滅し、いつもどおりむさ苦しく重ね着してこの場に立っているHという人物はH本人であることに間違いはないのだが、しかしよくよく見るならば茫々と肩や背や顔の半ばを覆う蓬髪は偽物、芝居用の鬘《かつら》であるらしい。――この三角ビルの稽古場でもっとも特徴的なのは何と言っても表通りへ向いた大窓の長い列であるが、これは劇団の手描き看板で内側からほぼ全面が塞がれていて、戸外が覗ける隙間というものは各所にほんのわずかしかない。昼間から点灯が必要な訳であって、しかもたてつけの悪さというにはあまりに大きすぎる食い違い、窓枠と石壁とのずれやら歪みやらがこの窓列にも生じ始めているのだが――、ともあれこの場は二階であるので、各看板の隙間にはプラタナスの黄ばんだ葉群、そして黒々とたわむ空中架線の一部などが垣間見えるという寸法になっている。黄色い枝葉や架線越しの景観をさらに求めるならば、秋の夕陽にあかあか染まる路面電車の大通りや寂れ気味の商店筋を透かし見ることも充分に可能であり、この季節この時刻特有のそこはかとない侘しさ、哀愁などの情緒もむろんこの場には色濃く存在する。

「やれやれ、さすがに今日は少々疲れたわ」――やがてHが口を開くが、これは何やら声色も変わり、甘く鼻にかかっているようだ。

「あたしもそろそろ飽きてきたことだし、ここらでひとつ衣装替え、役の交代といきましょうか。信用ならない女予言者は本日これにてお役御免。そうと決まれば早速に、こうして脱いで、また脱いで。お召し換えならお手のもの、そこらに衣装がいくらでも。

ついでにちょっと磨けばつやつやに、いい香りだって身にまとうのよ。電車の駅なら麓駅、そこから登りは急勾配ですからね、とっぷり日が暮れないうちにいざ出発進行ですよ」

――

どこかでグラスの鳴る涼しい音がして、

「花婿は明日赴任先へ出発だとか」

「ほほう」

「新進気鋭の若手研究者なのだと聞きましたよ」

「赴任は新妻を帯同してですか」

「単身赴任ということになるのでしょう。何しろ臨月近い身重では」

「それはそれは」

背の高いグラスの中身に細かい気泡の筋目がたって、大量の生牡蠣と砕氷で覆われた銀盆は霜をまとい嘘臭いまでに冷えびえと、先ほどまでの祝い膳の数々が豪華な紛いものの蠟細工だったことをどこやら思い出させる設えなのだった。

「尾頭付きの刺身だけはどれも結構なほんものでした」

「このごろはどこもそんなものです。温泉卵も飽きました」

「おや何か余興が始まりますね」

ふたり同時に身じろぎして、

「見にいきますか」

鯉の大池に擬宝珠《ぎぼし》つきの緋の欄干、松の大枝が影を投げる総ガラスのロビーは夜の庭園の植え込みに面しており、賑やかに障子を開け放った明るい大座敷の有り様を対面に見通すことができる。花嫁花婿はすでに退席して新床へ、どう見ても個人の屋敷なのか旅館ホテルなのかわかりかねる敷地構造のなかで、新郎のQはじぶんが今どこにいるのかまったくわかっていなかった。

くつくつと喉で笑いつづける少女のような新妻は派手な婚礼布団のうえに袖を広げていて、その名前がカエだかタエだかナエなのか、つい今しがた別座敷で婚礼を挙げたばかりというのにQはどうしても思い出すことができなかった。手紙の宛名も実は怪しく、ただ一度舞台に立った折からの一方的で不条理ないきさつについても終始ごた混ぜの混乱振り。婚礼の最中から似たような名の妹たちがそっくり同じ顔の入れ子人形のように大小犇《ひしめ》いているのだったが、その事情は今も変わらず、立派な床の間に押し上げられたQのところまで入れ替わり杯を持ってきてくれる。正座した姿勢であちこち厳重に固定されたQは口だけで液体を受けるしかなく、そろそろ膀胱の限界も近づいているのだった。

「こんなになるまであたしを放っておいた罰ですからね。ふふ、片目の青痣が似合っていいお顔」

「その膨らんだお腹は、どう見ても詰め物じゃないですか。見ましたよ、お色直しのときにせっせと布を詰めてるの」

酔いと消耗とで朦朧としつつQは抗弁するのだったが、

「いずれは子どもと妹たちを連れて、お勤め先まで追いかけて参ります。ラボのある山頂には展望台にハイウェイ、紅葉狩りの物見遊山にもいいところと聞きました」

「シビレ山展望台は雷見物の名所なのよ、姉さま」

「あたし雷が好き」

このままでは失禁の憂き目に、そう思いながら意識が絶えたのがその夜のQのさいごの記憶で、高杯《たかつき》に飾られた金一封がじぶんの隣にずっとあったことも覚えていたが、これがのちのち物議を醸すことになる。

喫煙者たち

血行悪く目の下と口辺の細胞が壊死しかけた重度の喫煙中毒者たちは白昼の吸血鬼のように影薄く、幸いも薄く不燃の秋の街路をさまよっている。薄気味悪く鼻筋尖り、黄ばんだ目と目の隙間は今や毛筋ほど。髄まで脂《やに》いろの悪習に染まったかれらに天の庇護なく、虚しく火の気を求めて流離《さすら》うが約束の地に至ることは決してない。

——未だに夏の日焼けのあとがうっすら残る前腕をさすりながら、小さいBはさまざま思いに耽るのだった。ずっと絶えたままの約束の仕送りのこと、石の成長著しく影多い問屋街とその屋上世界のこと、出会った浮浪喫煙少女のこと、このところの思うに任せないじぶんの人生についてさまざまに。ただし記憶の糸筋はまったくなめらかでなく、どこか決定的に壊れているような——、問屋街の小さな区画から外の世界がすっぽり欠落していることにまるで気づいていなかった。

「秋口にはまだ、点火できる空気溜まりが街のあちこちに残っていたから」

向き合う煙草販売店の主人もしみじみ回想する口調で喋っていて、Bが日課の配達に訪れるこの店は行動範囲の結界すれすれにあるのだった。「——今もって不思議に思うんだが、うちの店先がたまたま可燃域《ホットスポット》のひとつだったとは、いったい何の配剤だったのかねえ。あの頃は朝から晩まで客足が途絶えることもなかったし、まったく賑やかでよかったよ。狭苦しい場所に客と煙がいっしょになって犇いて、だから店先の日除けは精一杯長く伸ばしたし、椅子も並べておいたんだが。ほら、ここの路地は表側の道路よりかなり低くて、溝のようになっているせいなのか何なのかねえ。先代が決めた店の場所はまさにこのときのためだったのではと、一時はほとんどそう思えるほどだったね」

小さいBの目にも現在見えているその場所は、確かに石の段々や錆びた鉄梯子でもって表の高い道路から降りてこられる半ば日陰の広めの路地になっていて、ただし高いガードレールから向こうの世界については何も見えていない。視覚のノイズとして処理されているのであって、植木鉢が転がる未舗装の地面には石蹴り遊びの図形がうっすら見える、色褪せただんだら縞の日除けは今でも軒先から斜めに傾いで張り出たままになっている。その日陰の一帯が喫煙可能な空間になっていたことは記憶にまだ新しく、秋口の白い陽射しを怖れるように狭苦しく身を潜めていた喫煙者たちの有り様は今でも容易にBの目に浮かんだ。個々の顔の印象というものはほとんど残っておらず、というのもきつい陽射しと影の筋目やら渦巻く白い煙やらが邪魔していたからなのだが、そのなかに身長差がはっきり目立つ姿がしばしば混じっていた。煙にまぎれた男たちのちょうど胸のあたりに小さく痩せた顔の位置がある——これは明らかに周囲とは雰囲気が違っていて——不揃いに見苦しく刈り込んだ髪、険しい表情。季節に合わない古着の長袖ジャケツ、前髪の陰から鋭く睨み返してくる白目がちの視線。

Bとネズミとは異質な少女同士、そのようにして何度か出会っていたのだった。

ひとが五歩で歩くところをせかせかと七歩で歩く小さいBは日々の生活が忙しく、そのうち秋が深まると煙草屋がついに店を閉じ、卸のカートン煙草の配達だけは不要になっていた。ただし暇になったごま塩頭の店主が湯治に出かけるのに飼い犬を置いていってしまい、そうなると世話を引き受ける者はBの他に誰もおらず、繋がれたままのむさ苦しい飼い犬は世にも恨めしそうな上目遣いで見上げてくるのだった。

「まったく無駄飯喰いばかりが雁首をそろえて」

いちいち通う不便に堪えかねてBが犬を引き取ってくると、若い継母は口汚く罵り、せめて倉庫の番犬とするかネズミ避けの役には立たせるようにと指示を出してきた。

「おかあさんここにネズミはいないでしょう。少なくともあたしは見たことがないわ」

「頭の黒いネズミがいるのよ、馬鹿だね」

帆布カーテンでざっと仕切っただけの問屋街最上階居住区はひたすらだだっ広いばかりで、まったく埃がひどかった。斜めに日の射す片隅を土足の職人たちがぞろぞろ通っていくのをBは目で追いながら、今日の食事も生のタマネギと缶詰スープか、粉ミルクの在庫はそろそろ消費期限が切れるのではないかと、一瞬も気が休まることなく段取りを考えていた。組合の仕事で滅多に姿を見ない父親の存在感は薄く、高い天窓の最上階区はどの建物でもほぼがらんどうの倉庫状態、隣同士あるいは背中合わせで連結している場合が多かった。家屋密集地帯であり、なおかつ昇降機つきの建物が比較的少ないからという理由によるものなのだが、その昇降機自体がどれもあからさまに年代もので、共同使用料に見合うだけの円滑な動作の保障はまったくないのだった。

「また覗かれた。厭な職人の奴ら」豊かに胸元をくつろげた継母が振り向いて舌打ちをするのへ、

「今日は隣の隣で修理があるけれど、近ぢかここへも来てもらう予定だから」

カーテンを引き寄せながらBは取り成したが、しかし漆喰袋や工具類を手押し車に積んだ職人たちはうろうろと道に迷ってよろけるふりをしつつ、おっとと、などと奇声を上げて隙間から日焼けた顔やら工具やらを突き出してくる。犬は見苦しいまでに怯え、籠に入った赤ん坊は発条《ぜんまい》仕掛けの人形のように機械的に泣きたてるし、事態の収束を見るまでには相当の苦労があったのだった。赤子の去就について記された皺だらけの手紙がB宛に届くのはまだしばらく先のこと、そしてどう見ても石の成長著しい問屋街で可燃域《ホットスポット》を探す喫煙中毒者たちの行動がそれより前に問題化することになる。

「でもあいつらこの地下四階にたむろしてて邪魔なんですよ、このところ」

ダクト屋のセツは腰の工具ベルトの締まり具合を確かめ、スパナの一本を器用に抜き取りながら言うのだった。「このフロアでは確かに、場所によってライターが着火する空気溜まりみたいな箇所がありますがね。可燃域《ホットスポット》ってやつですか」

そして亜鉛めっき鋼板のひとつふたつを適当に叩きつけ、音が伝わっていく方向へ耳

を傾ける様子――それでほんとうに有益な情報が得られるのかと、そのとき暗がりで傍観するKは内心で考えていた。

「売店の小母さんがちょくちょく蓋を閉め忘れるんでね。確かめているんですよ」

「それは悪かったね、よく注意しておくわ」

「まあね、温泉卵はあたしらも買わせてもらっていることだし」とセツは腰にスパナを落とし込んで、「それでほら例のあれ、姐《ねえ》さんももちろん乗務申請しているんでしょう」

「あれはねえ」と座ったままのミツは微妙に顔色を動かした。「あたしの路線じゃないし」

「ひと晩だけの興行ならばべつにいいんじゃないですか」

「何台か連ねて走るんだけどね、でもあたしの一一五〇型を使わせてもらうんでなきゃ。やっぱり圧の癖があってね、他人の車輛は」

「圧の癖だけはねえ」

「あたしらダクト屋だって軽視できない問題ですね、圧のことは」

数人固まって、親しげにいつまでも喋っている。話題は最前の件に戻っていったかと思えばまた他へと逸れていく――時にうつらうつらしながら聞いているKにとって、眠気と居心地のよさは同時に同じ場所にあるように思われた。

このところすこぶる快調に持続する幸福感、Kには今まであまり馴染みがなかった胸の芯にいつも存在する小さな心踊り。段差がまちまちになっている三角ビルの階段を駆け下りれば、目前の街路はいちめんプラタナスのオレンジがかった黄色に感染したかのように鮮明な深い秋——波のように落ち葉を蹴立てて進む路面電車を目にすれば、他に考えるべきことは何もないように思われた。通常の勤務中には決して話しかけてくれるなとミツは念を押し、逢引きの場所はいつも夜更けの公営浴場とその地下世界のみ、休日すらない様子で三角ビルまえのカーブでKを降ろすとどこかへ帰っていく。つきあっているという状況にあるのか今ひとつ不安なのだったが、「だからお誘いしているんですが」——女らしくもない低音で、そして長い無呼吸となる温水中へと力強く引き込みながらつややかな上腕を首に回してくる相手は年下などでなく、いくつか年上と見るのが順当と思われた。弟と連絡取れなくなっている、一度さりげなくそう洩らしたことがあり、確かにビルの二階や研究生たちの下宿は無人となっている雰囲気なのだったが、それでも近々予定の花電車の運転士選定に向けて気が紛れている様子も窺われるのだった。

「もともとエアダクトだったものを改造して送湯管とすることには、当然ですが抵抗が多くて。配管工たちとのあいだで小競り合いがあった歴史は有名なんです」

気が向くと意外によく喋るダクト屋のセツは、あるときそのように話したことがあった。寝袋持参で地下を旅するダクト屋たちは意外なほど女が多く、そのほとんどはミツの知り合いかそれ以上の仲であって、なかでも短髪の若いセツとは親しい仲であるように見えた。

「争いの歴史」

「まあね、これらの装置は単なる輸送装置というより地下エリア一帯を高温の湯で満たすこと、熱源を温存することがその主目的でしたから」

赤染めの短髪にピアス穴が目立つセツは普段からあまり表情の動かない顔で言うのだった。「——導線の長距離化と煩雑化はその目的のために進められていったんです。流体力学に従うという点ではダクトもシャフトも配管も基本的に変わらないんですが、細かいことははしょってごく単純にいうならば、常時どのようにでも増設可能なダクト型が次第に優勢となったのでした。もちろん防振や保温の補強は絶えず必要ですけれど。じぶんで敷設した直結型ダクト内を匍匐《ほふく》前進した経験のないダクト屋なんていませんが、結局はこの差がものをいったんじゃないかとあたしなどは思いますがね——とにかくそうして追いやられた配管工たちは、このエリアに呪いを置いていったんです」

「呪い」

「不吉な予言といったところですかね」セツは応えて、「いつか破壊は源泉からやって来る、と。正確にはどうだったか」

「源泉は地下温泉ということかな、もちろん」

「でもかなり遠いですよ」

この時点でたまたまKのゴムサンダルの爪先が触ったのがライターをねじ込んだ吸いさしの紙煙草の箱という代物で、拾って着火装置を擦ったのは空気溜まりの件を思い出したからに過ぎなかった。小さな火が飛び出して唐突な明るさが周囲の闇を押しのけ、つまりダクト群が錯綜して物影の暗がりになった場所で話し込んでいたのだが、すると照らされたひとの顔が――床に這いつくばる男の険悪な形相とKは目と目があう事態になっていた。相手は大きな蜘蛛のように床を探る右手をそろそろと引っ込めかけていて、するとセツのスパナが思いきり鋼板を殴りつけ、遅れていたミツが現われたとき闇に潜む者たちはひとり残らず逃げ去ったあとだった。――それにしても一瞬だけ目撃した顔面の口辺といい眼窩や顳顬《こめかみ》といい、どう思い出しても著しく色素沈着して変色変形していたような、目の記憶の厭《いと》わしさと後味悪さとがKに残った。

さらに決定的な変化は思わぬことから生じた。その翌日のこと、前触れなく新顔の男の職員が地下売店にいて、大量入荷したらしいタマネギの木箱などをせっせと通路に並べているのだった。

「小母さんなら犬をつれて湯治に行ってしまったよ」

作業を続けながら中年男の職員は説明し、おそらく当分戻らないだろうと付け加えた。

「ほとんどここに住みついていたけれど、ずっと交代したがっていたからね。このタマネギはいいタマネギだ、大玉で甘いよ」

前夜は遅れて合流したミツだったがこの夜は傍らにいて、むろんKとは比較にならず動揺する様子がありありと窺えた。

「わざわざ湯治に」

「何しろ犬の疥癬を苦にしていたからねえ」と職員は素っ気ない様子で、「山の温泉場でもなければ、一緒に連れ込むのは無理だろうからね」

「Bブロックに大浴場も小浴場もあるのに」

「さてねえ、好きずきだからね」

――卵だなんてそんなもの、中年男の職員は面倒そうに言い、予約ぶんについても取り合うつもりなどさらさらないのだった。

太い三つ編み髪を背に垂らした道連れの雰囲気が戻りの道中さらに変質し硬化していく、その過程をKは不安とともに感じ取っていた。轟々と振動するダクト群の親しげな温かみも暗がりも、地下売店のひかり眩さもすべてが昨晩までとまったく同じであったのに――「それで、何も聞かないんですね」「え」Kがとまどうと、「今日の帰りは早く着きますよ。配達がないから」――顔を背けて、何となくはぐらかされたような手応えで、前日が問題の審査会だったのではと後になって思い当たった。夜更けの三角ビル前でいつものように別れたが、次の日勤め先の事務所でKは官憲の訪問を受けることになる。

——

倉庫街の補修作業に当たる職人たちは昼食の弁当持参で、どこでも平気で座り込みはらはらとタマネギの薄皮を剝き、小刀でざっと切り分け三日月型の小片を次つぎ口中へ押し込んで咀嚼した。物流地帯であるのでもともと火の気は忌まれ、住民は煮炊きの少ない食事を取る習慣があるのだったが、このところますます埃のひどい各戸の食卓に載るのは生タマネギや乾燥乳酪《にゅうらく》、干し固めた果実に圧縮澱粉の類いばかり。木の匙で掻《か》きまわす雑炊汁の印象は記憶の彼方へと去り、無骨な工業用ランプが吊り下がる居住区はひたすらだだ広く、隅に積みあがる在庫の山は地崩れを起こす寸前なのだった。

「石の成長というより、畸形化といったほうが正しいんじゃないの」

久びさに再会したネズミは——呼び名はBが内心で勝手に呼ぶだけなのだが——思いのほか遠慮のない口調でずけずけ言い放った。「あんたら毎日見ているから、感覚が麻痺しているんだと思う。たとえばこの屋上がさ、これが成長に見えるんだとしたら、相当に目がおかしいよ。このざまをじぶんの目で見てどう思うか、言えるものなら言ってみなよ——」

めだって風の強いその日、Bは階段磨きをしながら一段ずつ登って屋上まで到達したのだったが、煙突型大型換気口を風避けにして煙草を吸っていたネズミには秋口以来ずいぶん久しぶりに会うのだと、そのとき気づいた。

重いバケツと雑巾でもって階段磨きをすれば明瞭なことながら、目の届く範囲内で石は成長している、あるいは少なくとも大きく動いているとしか言いようがなかった。石段のどの段々も蹴込みの汚れの横線が不ぞろいに持ち上がり、まっさらで色目の違う部分が薄気味悪く大幅に出現している。ざらつきを指でこすると影多い問屋街の底を歩くじぶんのイメージが何故か重なり、明らかに背の伸びた倉庫群は前後左右から頭上へ覆いかぶさってくる気配——屋上へと白く眩く開放された小さな戸口が登り段の突端に見えていて、「おかあさんあたしまた縮んだみたい」石段に縋った小さいBは気が遠くなる思いでやっと言ったが、誰に向けて言ったのかじぶんでもよくわからなかった。

そして動いていく大量の秋雲と風と通風孔だらけの屋上で出会ったネズミは相変わらず血色が悪く痩せていて、秋口に見たのと同じ薄汚れた毛織物のジャケツを着込み、喉元まできっちりボタンを留めていた。やはり浮浪児なのか、どこで寝ているのだろう——ぼんやりBは思い、火の気が忌まれる問屋街で喫煙常習者はネズミと呼ばれ厭われるのだが、目のまえの相手にもずっとその名を被せて呼んでいたのだと初めて気づいた。

「騒ぐんじゃないよ」口を開くなりネズミは言い、見れば三白眼気味の黒目だけ鋭くこちらへ向けているのだった。

「これを吸い終わったら行くからさ。あんたには何も害のない話だろ」

「――でも、マッチの滓と吸殻は拾っていったほうがいいよ」つられてBは応えていたが、普通に喋っているじぶんが不思議に思えた。「このごろ組合が煩《うるさ》いから。あんたがいるそこの場所、可燃《ホット》何とかっていう奴なの」

「まあね。そうかも。――うんと高いところか、もしくは低いところ。風があまり強いと、あんまり関係なかったりするけれど」

風のなかのネズミは顔にかかる前髪を振り払い、付け加えるように言ったがほんとうは喋る暇も惜しいらしく、風下へ向いてめりめりと赤い火口を吸いつけては息を止め、やがて痺れるように太い煙りを吐き出した。あたりには轟々と唸るように耳を塞ぐ風音と街の騒音があり、煙は風に混じり貯水タンクや煙突型換気口のある屋上の連なりを越え、灰いろに家屋の密集した市街地の外周へ、山波を載せた曇天の地平へ向けて希薄に拡散していき、この場所に限ってBの目にも外の世界は正常に見えていた。ただし距離と空間によって隔絶しているためにそれらは意味を持たず、ガスタンクも薄光る河川の橋も街の建築群も動いていく小さな電車も、すべてに焦点の合った微細な克明さでもってただ網膜に映るだけなのだったが。

「でもここはね」とBは急に気づいて、「もうすぐ修理が始まるんだよ」

「修理って何をさ」

「修理は修理よ。どこもかしも」

「それ本気で言ってるのかな。馬鹿みたい」

そして石の畸形化について遠慮のない発言があったのはつまりこのときのことで、

「――だって修理が必要になるほどどこもかも変形してきてるんだろ」

二本目に直接吸い付けながら、ネズミはさらに言い募るのだった。

「どこに目がついてるんだろうね、まったく。見たくないものは見ないって根性なんだかね、まああたしにとっては、職人がここをうろつく前に退散しなきゃならないってことだけが問題なんだけどね」

「今日はまだ大丈夫だけど」

「もうここには来ないよ。安心しな」

「いつも大勢と一緒だったでしょ」小さいBは思い出し、「たまたま一緒に居合わせたんじゃなくて、確かに集団だった。あれはどういう」

「――あんた子どもに見えるけど、ほんとはそうじゃないよね」

急に声の調子が変わり、Bは驚いて相手の顔を見た。

「ほんとはけっこう歳食ってる。前からそう思ってたけど」

「違う。どうして」

「煙草屋で見たときより、あんた縮んでるよ」相手は冷ややかに値踏みしてくる目つきで、「サイズが変わってる。服、だぶだぶで余ってるし」

これはお下がりだから。Bは抗弁したが、

「だって、あれあんたの子どもだろ。いつも背負ってた赤ん坊」

「違う。違う、おかあさんの」

やっぱり抑圧されてんだ。こっから出ていけば自由になれるのに。相手は言い募り、ネズミのくせに、Bは罵って言い、かっとなったあまり大声でひとを呼ぼうとしかけたほどだった。そうしなかったのは屋上世界の奥手に男たちの小集団が出現したためで、合図を受けたネズミは素早く駆け出していき、その様子でBにも薄々理解されたのだったが、浮浪少女のネズミはつまるところ囮《おとり》であり斥候なのであって、自由もなく男たちに使役される身の上なのだろう——そのように感じ取られたのだった。そして新たにBの目に映ったのはあちこち隆起が生じて無残に罅《ひび》割れた周囲の惨状、屋上世界は煙突型の大小の換気口でもってどこまでも埋め尽くされているが、その換気口はといえば下方からの力で奔放自在に押し出され、しかもどこやら石筍《せきじゅん》や鍾乳石めいた不定形のかたちへと変質変形しかけている。言葉が見る目を変えたのだ。

このあとBは喫煙者狩りの巻き添えで内臓損傷することになるネズミを看取り、そして手紙の消印をたよりに山頂の私設郵便局を訪れ、似た景色をそこに見出すことになる。

頭骨ラボ

「――朝の日課は辛いもの、と」

ぶつくさ言いながらこの場で釣瓶《つるべ》をたぐるのは未だ誰ともわからない人物で、あたりの景色はどう見ても山中の展望台。時刻は確かに朝陽が射し初める直前のまだ薄暗い早朝であるらしい。――日照時間がどんどん短くなる季節であるから暗い山容は寒々しく、しかし植物が吐く強力なオゾン臭と芳しい山土のにおい、低い外気温、わずかな鳥の声、肌に絡みつく濃厚な湿気、ざっとそうしたものでこの場は成り立っている。

たぐりにたぐっても釣瓶の本体はなかなか現われない。片足をかけているのは石積みで固めた井戸らしく見えるが、井戸であるという保証はない。展望台の外垣を越えて広く一帯を見渡すならば、山腹をうねるハイウェイは重い朝霧の底に見え隠れし、点在する施設の屋根屋根らしいものもぼんやり見分けられる。しかしどれが何の施設とも今のところは判然としない。人の来ない窪地では中身が黒焦げになった倒木が転がっていることもあるが、人目に触れることはたぶん滅多とない。

「給餌、定点測定、給餌、とね」

言いながら空バケツをようやく引き上げて、はたはたと手を打ち鳴らして汚れの黒い粉をはらう、その粉はあるいは石炭のそれであるようにも見える。さらにはっきり食料品とわかる袋をバケツに入れ空井戸様の空間へ吊り下げていくのだが、袋を収める際に底から紙片をつまみあげ、ちらと一瞥《いちべつ》してからポケットへ入れた。その姿の少し下手に展望台駐車場があり、流れる朝霧のなかに業務用らしい明るい色の小型車がぽつんと一台だけ停まっているのがわかる。平地より先に訪れた全山紅葉の季節はその極まりで鏡像のように静止して、そのまま長く固定されているかのようだ。

ざわ、と近くで熊笹が鳴り、何かが小枝をへし折って重々しく動いた。

石積みに片足をかけた人物は振り向いて様子を窺い、一瞬だけ躊躇《ちゆうちよ》したのち思い切りよく全力で車へ走った。手放された綱は宙に踊るように空井戸へ吸い込まれていき、やがてかなりの余裕を残してそこで止まった。車は排気ガスを残して紅葉のドライブウェイへとすみやかに走り去り、枝や下草を鳴らして動いていくものの気配もやがて消え、時刻はすでに朝早いハイカーたちの登場で賑わう頃合いへと差しかかりつつある。

「だから火事の後始末なんだとさ。知っているか、肥料はよく燃えるんだ」トワダは息継ぎも疎かにする勢いで一気にまくしたてた。「配電工事に来た下っ端が火花を飛ばしたらしいんだが、あの様子では訴訟沙汰は確実だな。全焼に近い半焼、後片付けする身にもなってほしいもんだぜ」

再会したトワダが薄汚い作業着姿で、泥タイヤの軽トラックを運転して電車の麓駅までQを迎えに来たのは意外でもあったが、「——何しろここへ来たさいしょの日に火事があったんだ。栽培工場はラボから車で十分ほどだが見通せる。ちょうど岩風呂にいてそこから眺めたんだが、面白い見物だったぞ」

いちどきに言いたてるのでQはどこから質問していいのか摑めず、「栽培って何を栽培するんですか」車内に充満する焦げ臭さと肥料の悪臭に辟易しながらとりあえずそう尋ねた。

「何をって、それは要するにラボも栽培工場も出資者が同じ系列なんだな。片付けに人手がいるということで、急遽そちらへ通うことになった訳だ。肥料の臭いもひどいが、何しろ小母さんばかりだぞあそこは」

「だから何の栽培工場なんですか」

「おまえがよく食ってるものだよ」何かと手を出すのが癖になっている相方は片手で運転しつつ片手でQの右肩をきつく摑み、つい先刻改札口を出るなり首を絞められかけたことを思い出させるのだった。

軽トラックが細かくカーブを切る毎に忙しく陽射しの向きが変わり、山腹の視界はひらけたり狭まったりする。そもそも婚礼の翌日出立の予定だったのが結果として数日留め置かれ——外聞悪い片目の青痣が引くまでという名目なのだった——しかし到着の遅延がどのように伝達されたのか、正確な出迎えがあったことはQにとって不思議でしかなかった。「それにしても火事ってまた」

「何しろ山頂は景気がいいんだ。連日すごい人出だぞ。汚れ作業が片付いてラボの仕事に戻れたら、おれは当分ここで勤めようと思っている」トワダは終始機嫌よく、「言い忘れたが宿舎は相部屋だ。どのみち工場への行き帰りもおれの運転だしな」

栽培工場とやらへ同行することが決まっているような口振りだったが、ようやく到着した先で待っていた人物はあっさりトワダを追い払い、結局その日Qは終業時刻を過ぎるまで相方の顔を見ることはなかった。――時計の時刻は正午に近く、街の屋敷を出発してかれこれ二時間近く経過していた。

「連絡は二方向から来ています」

事務的な口調で言う相手をQはやや呆然とした面持ちで眺め、じぶんが呆然としていることをじわじわと自覚しつつあった。

「劇団関連のほうはどうでもいいとして、問題はあなたの婚家のほうですね。もしや自覚がないのではと懸念するのですが、あなたの扱いについて慎重にならざるを得なくなった。この点だけ覚えていて下されば」

「仕事なら何でもやりますよ。力仕事だって」自棄《やけ》気味にQが言いかけると、

「できることはたいしてないでしょう」相手は軽くいなして、「茹でて煮込んでこそげ

取る、あるいは売店なり食堂なりの仕事に行ってもらうかですね。しかし後者は上の筋が希望しないようだ。あくまでも研究員の白衣がご希望らしい」

話しながら靴音をたてて進んでいくエリアは確かに空調のよく効いた頭骨ラボとやらのそれであるらしく、入場料を取って見学者を入れるエリアもごく一部が垣間見える。通路の照明を低く落とし、展示品のガラスケースだけが明るく浮き上がって見えるという寸法で、「大物はちょうど貸し出し中のものが多くて。驚かせることができなくて残念ですよ」

「これより大きいとなるとクジラか恐竜ですかね」Qは言った。

派手にうねり曲がった双角やら生前の姿が想像できない三角の嘴《くちばし》やら、やたら仰々しい付属物を含んだ巨大頭骨の群れが黒い闇に浮かび、ちらと見ただけで充分に怖気を奮うのだったが、さらに予備室のエリアへ移動してからの眺めにはまた格別のものがあった。——骨は白いという当たり前の事実が目に沁みて、列になった保管棚はまさに多様な白さの頭骨だらけ。哺乳類爬虫類鳥類その他雑多なフォルムはいずれもまざまざと直視しかねるものばかり、空いた壁という壁にさわさわと影の多い枝角の類いまで打ち付けられているのは装飾のつもりらしく、極めつけは広びろとした作業台の眺めだった。素人目にも齧歯類のものと特定できる薄手の極小頭骨ばかり無慮数百ほども密集した光景があり、それらのいちいちに眼窩の虚《うろ》やら尖った歯列やらの極小細部が備わっているという煩雑さ――細かくびっしり蝟集《いしゅう》するものへの嫌悪感までそそられて、視界にあるものすべてを詳細に把握することなど到底できかねるのだった。

「目がちかちかする」

「作業量に注目して頂きたいものですがね」

未だ名乗ろうとしない人物は言い、通りすがりに床の小頭骨を拾って台に戻す様子などをQはちらちらと気にせずにはいられなかった。白衣であるからには研究職員であるらしいのだが、うなじを刈り上げて前髪を垂らしたマニッシュな女なのか、女性的な雰囲気の細身の男なのかこれがまた呆然とするほどどう見てもわからないのだった。

「われわれは海外のペリット社とも提携しています。フクロウ類の吐き出すペリットを収集販売するので有名なあれです」

「有名なあれですか」

「有名です。何しろ実在します」相手は妙なことを言って、「当館のコレクションの大半が輸入物の希少な頭骨で占められるのは当然のことですが、それとは別に、手近な野生動物の死体から頭骨を採集するというジャンルがあります。解体作業と大まかな下準備はここへ搬入される前段階で済んでいるのですが、手作業による入念な仕上げは必要です。ペリットに含まれる消化済みの清潔な骨格標本一式のように、簡単に手に入るものは少ないですね――それはともかくとして」

かなりのハスキーボイス、というより喉に問題があるような擦れ声の相手はそこで言葉を切った。「まずはここに慣れてもらうことが肝心でしょう。おいおいに外回りのこともお願いしたいのですが――そうですね、定点測定とか」

「栽培工場というのは」Qは質問した。「何を栽培しているんですか」

「生食用の白きのこですよ」

返答はあっさり戻った。

展示室エリアの終点に合流するとそこにホールの売店があり、リュックを背負ったハイカー姿の客が三々五々と群れていた。するとあからさまに客を押しのけて、レジの中からばたばたと若い女の職員が駆け出してきた、と見る間にQの目前で白衣の道連れに体当たりを試み、強引に通路脇へと引っ張っていくのだった。

匂いで気づいた――というほどその時点でのQに自覚があった訳では決してない。オーデコロンなり石鹸なりのよい香りが鼻先を掠めただけで、通路脇で何か熱心に訴える様子の制服姿の若い女に見覚えがある訳ではなかったし、低く抑えたその話し声にもQのセンサーは動かなかった。白衣の肩越しに艶やかな黒髪がしきりに揺れ、ひとえ瞼の目だけが動いてこちらを見た――するとやはりよく知っている相手のような気がしたのだったが、さほど重要という訳でもない事実については結局のところ有耶無耶に終わることになる。

「新人の歓迎会についてはまた改めまして」

密談から戻ってきた擦れ声の研究員はそのように言い渡し、その日の午後、Qはほぼひとりきりで「茹でて煮込んで」という工程に従事することになった。電気釜装置の内部を巨大な木の棒で攪拌《かくはん》する、といった作業は有難いことに必要でなく、勝手に浮き沈みする様子を覗き窓から確認するだけなのだが、食欲は確かに失せて、お仕着せとして与えられた白衣もごわごわと煩く感じられるだけだった。

スプリングの緩んだ事務椅子に座り込んだまま、どうしてこんなことに、と越し方行く末がQの脳内に去来するのは当然のことで、すべてが容量オーバー、未消化もいいところだった。――姉に連絡するための電話はここにあるのか、来る途中で私設郵便局らしいものを見かけたが、などと取り留めない考えが泡のように浮かんでは消えた。料亭か旅館ホテル風の邸内での捕囚じみた新婚生活についても少しは思い出さざるを得ず――何しろ邸内のどこにいてもしんねりと檜が香るのだった――そもそも妹たちに囲まれた新妻とはろくに二人きりになる時間もなかったのだが、ついでに言えば劇団内で奪われた二通の手紙については完全に消失したものと考えていた。

遅い昼食を食堂の片隅で取っていたとき、身分不詳の研究員がふたたび現われ、今度は書類を手にしていた。

「既婚者ということで、必要事項など記入してもらいましょうか」

相手はあくまでもじぶんからは名乗らないつもりらしく、「宿舎は独身者用ですから、配偶者を呼び寄せるつもりなら最寄りのホテルへでも移ってもらわねば。いまどこも満室らしいですが」

「じぶんの雇い主について質問してもいいですかね」口中の飯を飲み下してQは言った。

「オーナーのことですか」

「女なんですか」

すると、思いがけず目のまえに化粧気もなく髭の剃りあともない顔が急接近してきた。

「――女ですよ」

食卓越しに首から垂れた身分証もまたQの目のまえにあった訳で、顔写真とともに印字された名が一瞬だけそこに読めた。意外な肩書きもあったように思ったのだったが、

終業後ようやく合流できたトワダにその件を切り出すと、

「いや、あれも住み込みの従業員だぞ。そういえばここへ来たさいしょの晩、岩風呂から火事を見たと言っただろう。出るときあいつと脱衣場の出入り口で擦れ違ったんだがな。風呂場で会ったのはその一回きりなんだが」

大男のトワダは何より待遇の差が不満であるらしく、汚れきった作業着をQの寝台へと投げ出すと、とりあえず片腕で首を絞めにかかってきた。いつものことなので適当にあしらっていたが、妙にしつこく、関節を捻られたQは本気で苦痛を感じた。「いつま

でもここにいるつもりはないんですよ。せっかくだから、何日かだけ見物していってもいいかと」

「行くところでもあるのか」

トワダはようやく手を離し、広くもない二人部屋の寝台周辺を苛々と歩いた。寒いのでQが閉めておいたカーテンをざっと開くと結露しかけた夜の大窓が現われ、明るい室内光景の投影と真っ暗な山中の眺望とが重なった。その最奥手に一箇所だけ密集した下界の街明かりがあり、遠いとも近いとも言いがたい距離を感じさせた。

「――Qよ、おまえここに来てから何を食べた」

「食堂で定食を」

「炊いた飯や暖かい汁は久しぶりだろう」

「汁はかなり冷めてましたが」

相手が何を言いたいのか薄々悟りながら、Qは夕方暗くなってから少しだけ外出してみたときの有り様を思い起こしていた。日が落ちると辺りは一気に冷え込み、すぐ近くの展望台やロープウェイの発着場施設まで歩いてみる余裕はなかったが、道路に車の渋滞が起きるほどの下山客の混雑ぶりは思いのほかで、景気がいいと聞いたのはあながち嘘ではない模様なのだった。

「温泉が出るから熱い岩風呂もある」とトワダは続けて、「暖かい飯も食えるし、煙草だって普通に吸える。汚れ仕事を別にすれば、まったく人並みの生活だな。街にいたときのあれはいったい何だったんだろうと」

「公会堂の浴場はここの温泉を引いているんじゃなかったですか」Qがはぐらかすと、

「まさか。遠すぎる」窓際のトワダは外を見た。「噂をすれば。確かあれ、あいつの部屋なんだぜ」

中庭を挟んで直角になった別棟に幾つか窓明かりがあり、明るいひと部屋のカーテンの隙間に犬が前肢を揃えて座っていた。何という種類なのか妙にすうっとして顔が長めの犬で、山裾の街明かりの方角をじっと動かず見つめている。暖かいような寂しいような、その場の情景は妙にQの印象に残った。

慌しく過ぎた一日の締めくくりに話題の岩風呂へ行くことになったのは当然の成り行きで、トワダは相当臭っていたし、夕飯も済ませたとなれば他にすることもなかった。どうせ土木作業員だしな、と相方はやはり拗ねており、Qは構わず道中のあれこれを眺め渡すことに専念していた。——ホールの売店はとうに閉じていて、ラボの出入り口はおそらく表も裏も厳重に施錠されているような雰囲気があった。ただし住み込みの職員がけっこう多人数存在するらしい気配が館内のあちこちに感じられ、進んでいくと裏通路の先に半地下の浴場出入り口があり、男女別に別れているあたりは以前ここが宿泊施設だった前歴を窺わせた。

「新人の歓迎会といってもだな」とトワダはひとりで騒々しく、「ここは女の職員がけっこういるんだがもう見たか」

女湯の表示のある側からちょうど二人連れが出てきて含み笑いしつつ逃げていき、このどことなく胡散臭い施設にそれほどの数の住み込み従業員が必要なのか、Qが改めて疑問に思ったのは恐らくこのあたりだったのであるらしい。らしいというのはこの後それどころではなくなるからなのだが、「で、あのサワとかいうひとのことですけど」思い出してQは言った。

「え、誰だって」

相方は脱衣場でも薄い隔壁の向こう側へと気が散っていた。Qとしては火事の夜にこの出入り口で擦れ違ったという件を持ち出したかったのだが、反対に今から女湯を覗きに行こうと誘われる始末。

「あの声は売店の子だぜ。これから岩風呂へ行くようだぞ」

「あの能天気な声ですか」

隣の脱衣場の話し声は不明瞭ながら聞こえていて、特徴のある甘ったるい喋り口調が中でも耳についた。昼間に聞いた密談の低い声とはあまり一致しないのだが、聞けば確かに仲間と露天風呂へ行こうと話しているのだった。

「あの子も新人なんだ。つまりおれたち三人のために歓迎会の計画がある訳だな。それ、急がないと行ってしまうぞ」

「寒いから厭ですよ。外は水着着用じゃないんですか。先輩ひとりで行けば」

「さすが既婚者、いや子持ちは言うことが違うよなあ」急に大声を張りあげるので、上半身脱ぎかけていたQはぎょっとした。

「――劇団でもずっと噂になっていたが、仕送りが必要ならば気の毒と思って黙っていてやったんだ」相手はありありと悪意の滲む顔になっていた。「聞けばぬけぬけどこぞへ婿入りして、薬指に金の指輪とはどういうことなんだ。こそこそ隠す態度も気に食わん。よく見せてみろ」

左腕を捻られてQは抵抗し、意地になった相手と真剣な揉み合いになったが、隣の脱衣場で息を呑み沈黙する気配も感じられ、するとぱき、と乾いた音が響いた。

「あっ」

「あっ」

互いに見交わし凝固して、そのとき時刻は宵の口。美しい犬はカーテンの隙間から下界の街明かりを見つめ、どこかの真っ暗な山腹ではざわざわ熊笹を鳴らし、何かが重々しく移動しつつある。

井戸

――噴水が止まる瞬間を見ましたか。

話し相手は静かな口調で言い、並んで腰掛けたKは黙ってそれを聞いていた。時間の流れが淀んだように遅い午後とも夕暮れともはっきりしない頃合いのことで、落ち葉の堆積を含んだ水の気配だけが周辺に色濃く漂っていた。

「噴水は夜のあいだ止まっていて、早朝の誰もいない時刻に息を吹き返し、夕方暗くなる時分に止まります。自動装置が働いていてそうなるのですが、わたしがいつも気にするのは夕方、その止まる瞬間なのです。何しろ早朝にはここに来ませんのでね」

相手は一旦言葉を切った。「――池の水を循環させて水質を保つことが目的の噴水ですから、見てのとおり広い池の中心に噴水口があるだけの愛想もない装置ですが、水音も好もしく、陽射しの当たり具合では相当に美しく見えることもある。季節によって停止の時刻は変わる、日暮れが早くなると噴水も早くに止まります。正確な時刻を知ろうと努めたこともありましたが、自動装置のタイマーはどうやら小刻みに変化していくよう設定されているらしい。おおよその時刻はわかっているのだから、いつもその瞬間を捉えようと努力するのですが、これが案外難しい。こうしてベンチに腰掛けて見張っていても、うっかり横を見て視線を戻すともう止まっていたりする。つい今しがたまで勢いよく噴き上がっていた水流は水音ごと消失し、機能を停止した噴水口を中心にさざめきだけが動いている。そのさざめきもすぐに消え、鏡面のように静かな水面が戻ります。うまく瞬間を捉えることができれば、新鮮な目の驚きと喜び、その様子はフィルムを巻き戻すのとも少し違っているのです。――前触れもなく、まさに見えない刃の一閃のよう。それまで順調に噴水を形づくっていた水流はぎくりと驚いたように、まずはいきなり根元で遮断されます。その力ずくの断絶ぶり、制圧ぶりといってはまったく容赦のないものでして、空中に取り残された水流はといえば後続の加勢を欠き、ひと息にかたちを失い、崩れつつたよりなく水面へと叩きつけられます。あとに残るのは曖昧なさざ波だけ、これらの一部始終を今まさに目撃しおおせたという達成感、そして充足――喪失の瞬間を捉えることを充足と呼ぶのは確かにおかしい。奇妙なことでしょう。しかし一日のこの一瞬だけ、わたしのこの胸を暖かく満たす感情を誰も否定できはしないのです」

「ただ失うのは厭だ、訳もわからないまま、気づいたときに何もかも失っているのは厭だ。喪失の瞬間をこの目で隈なく見届け、一瞬を貪るように味わい尽くし、無限に分割し写真のように網膜に焼き付けたいのだと――だからわたしはこの公園へと毎日のように足を運び、池端のベンチに腰掛けているのです」

そしてしばらくの沈黙があり、「わたしの話を聞いて下さったお返しに、今度はあなたの話を伺いましょう」相手は静かに言い、入れ替わりにKは口を開いた。

「――ダム穴というものについて、あなたも耳にするなり実際にご覧になるなりして、きっとご存知のことでしょう。水位が上がりすぎないようダムに設けられた排水用の装置のことで、排水時には水面にぽっかりと巨大な丸い虚《うろ》が生じているように見える。底なし穴へ墜落する恐怖を誘う、そこから特に名がつけられたそうですね。感覚が似通う光景として、透明度の高い水底の穴というものがあるとじぶんは思います。多くは水源地などで見られるのでしょうか、底が知れないほど深い垂直の穴が透明な水底にくっきり見えていることの恐怖と誘惑、目を離せないまま全身の血流が足元へ下がっていくような――そのようなものを、ごく短期間ながらじぶんは夜毎に見ていたことがあるのです」

「地階の温水プールは無駄に底が深く、どうしてそれほどの深さが設けられたのかまるでわかりませんでした。無駄というならば水上にも驚くべき空間があった訳ですが、水面下にはまた別の世界があったのです。試みにゆるゆる潜れば耳はじぶんの血流の音と水中の音とで満たされ、壁面のタイルの紋様はひかりの紋様に紛れ、水際の列柱は逆さになって揺らめく影のように見上げられたものでした。深い秋の温水プールは底へ行くほど冷たく水温が低くなる、しかし間歇的に強力な温かい水流がどっと押し寄せてくる。水温を保つために真っ黒な丸い底穴から大量の湯が補充されるのです。そして心地よく水流に巻かれながら、戯れて首に絡みついてくる腕は重く力強く、まるで深く暖かい場所へとどこまでも引き込もうとするかのよう――、しかし実際のところ、彼女との関係をどのように呼ぶべきだったのか今でもよくわかりません。何を目的としてどこに住んでいたのかも知らない、もしや市電の操車場で寝泊りしているのではと思い、黙って連絡が絶えたのちに探しに行ってもみましたが、わかることは何もありませんでしたから」

Kは口ごもり、「でも今は水底の穴の話をしているのでしたね。泳ぐわれわれの真下にあった、黒々として得体の知れないプールの底穴の話を。破壊は源泉からやってくるとも予告された穴、おそらく二度と見ることが叶わない、出入り禁止を言い渡された今となっては永遠に失われた光景なのですが」

――思いがけず官憲の訪問を受けたのはKの勤め先、達磨《だるま》ストーブが年中出し放しになった筆耕事務所でのことで、仕事の波が引いた午後に二人の男は平服で訪れた。そしてKを名指ししたにも拘らずゆるゆる雑談を続け、本題に入ろうとしないのだった。

「三角ビルとはまた、ちょっとした市街の目印のような建物ですよね。面白いところにお住まいで」

「あそこの座長の奥さんから届けが出ているので、このところ何度か足を運ぶ機会があったんですよ。ご亭主の失踪など珍しくもない案件ですが」

「あなたも吸われるんですね」と目顔で指すのはKが机上に置き放しているライター入りの煙草の箱のことらしく、「いやもう何ですか、妙なご時勢で。われわれのところへも苦情やら問い合わせやら多くて弱っているんですよ。いったいどうしろとねえ」

「ここへの通勤には市営電車を利用されているのでしょう」――ようやく話がそこまで差しかかり、ミツの件ではとKは気当たりがして身構えた。

「交友があったひとりとして、あなたの名が挙がっただけのことでしてね」

「単に挙がっただけなんですよ」

二人連れはあくまでも交互に喋るのだった。

「交友が問題になることはまったくない。しかしね、個人的な副業に励むことが問題とならない訳はない。内容によっては周りまで巻き込むことにも」

「内容によりますがね」

「卵の配達のことですか」Kが口を挟むと、

「卵が何ですって」ひとりが言い、ひとりは片眉を吊り上げた。「あれがね、いったい卵に見えましたかね」

「卵の味がしましたが」

「なんと食べましたか」

「安気なひとだ。あなたが部屋に匿っているのでないことは確認済みですよ。出頭命令が出ていることを伝えることができるなら伝えて下さい」

昨晩逢ってから後のことは、と口には出さずKは動揺し、終業時間を待ちきれない苛立たしさのままその日の残りを過ごした。そして夜の公会堂は煌々と窓のみ開け放って表扉を固く閉ざし、街路樹に包まれた電停の闇は深く黒々と、レールの金属面だけ仄かに浮いて見えていた。

扉は施錠されていなかったのでそのまま地下三階まで降りていくと、昨晩タマネギを運んでいた中年の職員が受付にいて、Kのチケットは期限切れだと無愛想に言った。

「駄目駄目駄目、図々しいねお客さん。いろいろ好き勝手をしてくれたようだが、もう潮時だ。ここで引かなければ面倒なことになるよ。こちらとしても巻き込まれるのは御免だね」

昨日の連れは来ていないのか、食い下がってみたものの相手は厭な顔をするばかり。

「早く帰ったほうがいいね。今後の出入りは二度と無用だよ。どれだけ評判が悪いんだか」

公園の噴水はいつの間にか噴出をやめている。さざめきもなく、落ち葉を沈めた池のおもては黒い油を含んだ鏡のようにのっぺりと平らで、ベンチの隣の人物が今日もその瞬間を目撃できたのかKにはわからなかった。

「――そのとき呆然として、正円の牙の切断面を持つ象を階段下から見上げました。半ば影に浸り、上方へと折れ曲がりながら続いていく階段の手摺には点々と石の動物がいる。再びこれを見ることはもうないのか。底穴のあるプールも暗くて温かい地下四階の親密さも、深夜の路面電車からの不思議な眺めも、二度とないのか。失ったもののことばかりぐるぐる頭に渦巻いていました。朝の電車の運転士が別人だったのでひどく不安になっていた折でしたし、白い水泳帽子とゴーグルをつけた女運転士がもうどこにもいないことは薄々承知しておりました。昨晩別れるとき何故よく確かめなかったのか、何故もっとよく聞いてやらなかったのか。台座に座った四角い牛が妙な目つきで冷ややかに見下ろしてくる、それへ手を伸ばしたのは滲んでよく見えなかったからでした。水気を含んでいるのは石ばかりではなかったのですが、すると彫像が目線よりはるかに高い位置にあることに初めて気づきました。影の多い昇りの石段はひどく高くてまちまちに、毎晩通っていたのにこれほどの変化を見逃していたことに愕然とし、突然の恐怖に捕われたのはそのときのことでした。あり得ない急傾斜の階段がどこまでも続き、地上へ戻れないような気がしたのです」

「——そして戻ってきたこの場所は、きっと元の世界ではないように思われますのでしょうね」隣の老人がやはり静かな口調で言った。

「事務所には休みを伝えて、しばらく出向いていませんが」

「早朝にはここに来ませんのですが」と緩慢な動作で腰をあげながら、「あなたはお暇なら公園の朝の勤めに参加してみるのもよろしいかと」

「掃除会のようなものですか」

「石磨きなども行なっているようですが、階段井戸の掃除もあるようですよ。源泉に繋がっているのは地下浴場ばかりと限りませんのです」

落ち葉焚きができなくなっているのであちこち堆《うずたか》く積まれたままの遊歩道には確かに日々の几帳面な掃除の形跡がある。記念墓地の区画や管理事務所をめぐる道筋には梢が煙った巨木が多く、しかし階段井戸というのは心当たりがないが、とKが考えながら歩くうち、とつぜん鼓動がひとつ飛ぶのを覚えた。濡れ塩垂れた幹と枝越しに動いていく小さい人影があり、遠目にも目立つ赤い短髪と背負った寝袋、腰の工具ベルトに見覚えがあるのだった。

旅するダクト屋のひとり、セツと思しい人影は目的がある速さの歩みで遠ざかり、大声で呼び止めていいものかKは迷いながら後を追った。林を直接抜けて相手は野外音楽堂の方向へと向かうらしく、濡れ落ち葉で滑りやすい足元に難渋しつつ追ううちに一旦はその行方を見失うことになった。ようやく視界がひらけたと思うと窪地の音楽堂広場には無闇に駄々広く、ここでは夕闇迫るあたり一帯が切石を大きく用いた観客席の段々になっている。全体を見ればまるで乱掘された石切り場か古代遺跡の闘技場のような有り様、というのは噴水池周辺でも台座ごと傾きかけた記念碑を見たことを思い出させるのだったが、とっぷりと薄闇を湛えたそれら光景の一点で、思ったほど遠くもなく寝袋を負った姿が少しずつ移動していく最中だった。

Kは観客席の高みから大声で呼び、振り向いて仰ぎ見てくる若いセツのあまり表情が動かない顔に一種の情動を突き動かされるのを覚えた。とは言っても目鼻も判然としないほど暗くなりかけていたのだが——、注意散漫となった足元で石が崩れるのはこの直後のこととなる。

窃盗

電話は代表番号へ翌朝いちばんにかかってきて、呼び出されたQがはるばる到着するまでに一旦切れていた。応答のない受話器を戻すとすぐにまた鳴りだし、反射的に取ったQの耳には婚約者、否新妻の声が直接届いた。

「お怪我ですってね。せっかく青痣が引いたばかりだというのに」回線の具合がわるいのか、声はくぐもって雑音の奥から聞こえてきた。「お仕事もきっとたいへんなのでしょうね。相部屋はすぐやめさせるよう伝えましたけど、昨晩はよくお休みになれまして」

「情報がはやいんですね」ついつい他人行儀の口調でQが言うと、

「レントゲン写真も電送で届いていますのよ。これがあなたの骨なのね。ふふ、あたしひとりで見ているのよ」

「誰がそんなものを」

「スワさんお友達なのよ。奨学金の返済だってうちで肩代わりする予定だったの」

「え、サワ氏のことだよね」

「姓はね。それより早くそこへ行きたいわ。あなたが怪我するところだって見たかったし」雑音はますます激しく、Qが何度も聞き返すうちに声は遠のき、急に別人の声が取って代わった。「——この大変なときに、まったくよして下さいよ。単純骨折ごときで電話口まで呼び出すとはね、男ってものは」

「呼び出されたのはこっちですが」

「今ね、十分間隔ほどです。もうじき生まれるんですよ。電話どころじゃないです」話が見えないまま一方的に電話は切れ、何より前夜の一件で一気に判明した整形医サワの身分性別等、食堂で身分証を見て一応のことは知っていたものの、放射線技師の資格まで持っていようとは想定外のことではあった。

「きれいに折れてますね。前腕のこれが尺骨、これが橈骨《とうこつ》」夜分に呼び出されたサワは部屋着を腕まくりしたままで、撮影した画像を示しつつ淡々と説明した。「すっぱりいった尺骨のこの線ね、ここはきれいに接合しているので、仮に放っておいても勝手に治るようなものですが。固定して、三週間」

痛がるQをロビーに座らせ、宿舎棟までサワを呼びに走ったのはむろんのことトワダであって、館内の一隅に診療室があることも先からよく承知していたのだった。戻ってみるとソファーの周囲には温かい湯の香を振り撒く女子職員たちが群れており、上半身半袖の本人は膝を立て仰向きに横たわり右手首で目を覆っているというポーズ。寸詰まりの童顔と相俟って大いに同情を買い、これは当人に自覚がある訳では決してないらしいのだったが、一方のトワダは骨折後のQの雰囲気がどことなく変わったと感じるようになっていた。相部屋解消時点では進んでトワダの馘首《かくしゅ》を取り成してくれたものの、それでも以前よりますます無口になったような、時には何も考えていないような不気味な空白の表情になっていることがあった。ひとり部屋となった宿舎では夜半に口から白いものを出して幽体離脱でもしていそうな心もとなさで、劇団最下層の下っ端が、ただ一度舞台に立って失態を演じたというだけの経歴で器用なまねを、とトワダとしてはついつい構って頭を小突くか肩を揺さぶってやりたくなるのだが、左腕がギプス状態ではさすがに手を出しかねるのだった。

「運転免許もお持ちでない。まあその腕がもう少し治るまで、電気釜の番でもしていてもらうしか」

サワは嘆息し、「犬の散歩でもしますかね」Qは自嘲気味に言ったが、宿舎棟にいる美しい犬は遠慮がちに申し出を拒み、日頃は早朝か夜にだけひっそりと運動に出ている様子だった。

そして新人歓迎会当日が早くも訪れ、延期を言い出す者も特になく、休日でもあったのでトワダは午前のうちに街まで買い出しに行くことになった。学芸員および正規職員のほとんどが研修旅行中という不自然なラボ内の様子はトワダにもすでに知れていて、Qは当然まったく使いものにならず、売店のフキエを軽トラックに同乗させることになったのはその場の成り行きによるものだった。

「サワさんの車のほうがよかったんですけど」黒髪を揺らして不承不承乗り込んできたフキエは露骨に不満げで、「まず郵便局に寄ってもらえるかしら」

「その喋りかた疲れるんじゃないの」

「あなた評判悪いですけど。臭いし」ハンカチを鼻に当て、大仰に抑揚をつけた甘ったるい喋り口調でそれを言うのだった。

停めて停めてと騒ぎたてるので路肩に寄せると、封書を持って山頂郵便局へ駆け込んでいったフキエはすぐに手ぶらで戻ってきた。「なかなか寄る機会がなくて。ここは私設局だから、専属の配達人がいてすぐ届くのよ」――持ち込んでいったのは封書が二通、ありふれた封筒であったこと以外に印象はなく、それより密かにほくそ笑むらしい態度がトワダの気に障り、改めて相手にどこか見覚えがあるような引っ掛かりを感じた。

買い物はむろん歓迎会に必要な食料装飾品景品の買い出しで、街まで下るには相応の時間もかかり、市電の走る市街に差し掛かるころには会話も少しずつ嚙み合ってきたようにトワダには思われた。久びさに訪れた街筋ではいたるところ花電車の大きな広告が目立つことの他にも相当の違和感があり、このあたりで勤めていたというフキエの経歴ばなしもやや不自然に思われたのだが、劇団での花形ぶりをさんざん吹聴したじぶんにそれを言う資格はないのだった。

「あれがその」

「あれが幻魔団の」

ふたり同時にフロントガラスの前方を指差して、急に黙ったのは見えてきた三角ビル二階の窓列に座長の妻らしいお合羽髪の頰がこけた顔があったためだった。大きくカーブした電車通りではオレンジがかった濃い黄色のプラタナスがあちこち無残に大きく折れていて、どうも空中架線に絡まっているようなのだったが、そもそも三角ビルはこれほど大きい建物だったのか——問題の稽古場窓列も枝々より高みへと移動しているし、もったり分厚いガラスの総面積も大幅に変わり、どういう理屈なのか汚い手描き看板のみ元サイズのまま点々ばらけて取り残されている。そのごくごく片隅、ガラスの歪み厚みが特にひどいあたりで座長の妻が通りを見下ろしているのだが、いかにも頼りなさげに何やら濃い灰いろの木偶人形らしきものまで重そうに背負っている。もしや大柄だった座長の変わり果てた姿だとしても、車中からそこまで観察する余裕はない。

「何もかも大きさが変わったみたい」

口元を押えたフキエがうっかり地声で言い、しかし背後から仰天するほどの野太い警笛を鳴らされたトワダはさらにそれどころの騒ぎではなかった。船舶の汽笛そっくりの威嚇音を撒《ま》き散らしてすれすれに追い越していく路面電車はほぼ二階建て見当の大きさと思われ、各所でプラタナスの枝々を引き摺り派手やかなオレンジ混じりの黄色い渦巻きをつくるのだった。

倉庫街に隣接する公営市場ではまさに人が蟻のよう。軽トラックを売り場に寄せると同時に「エンジンを切るんじゃないよ」通路にいた職員がすぐさま声をかけてきた。「止めてしまうと二度と作動しないよ。あんたら山から来たのかい」——ここでも花電車の大型広告が貼られ、黒い紙面から斜め手前に飛び出す絵柄の電飾電車はぎらつくひとつ目の巨人さながらだった。

元はドームつき鉄道駅舎であったという市場内部は引込み線の上に建ち、陳列場はざっと見て遠近の消失点まで続くよう。目当ての鮮魚店では巨大魚の解体を行なっていて、フキエは飛び散る臓物を避けつつ殻つき牡蠣の一斗缶を各種選び出した。「街では火が使えないのに、切り身を売ってどうするのかしら」「生食するか漬け込んで醱酵《はっこう》させるんだろう」――無意識に声を潜める二人の周囲では構わず解体が進み、買い手も多数群がるなか鎖で吊り上げるやら両引きの鋸が振り回されるやらの盛況ぶり。執心の臭い干物が見当たらない腹いせに、トワダは思いついて霜だらけの冷凍頭部を丸ごと買い取ることにした。「骨までしゃぶってから渡してやれば喜ぶかもな」

「それサワさんのこと」平たい丸牡蠣を物色していたフキエがきっと振り向いた。「そういうことは相談してもらえるかしら」

「骨にしか興味がない相手に熱を上げたってなあ」とトワダは上から受けて、「裸の骨格写真なら気に入ってもらえるかも知れんが」

「あのひとロープウェイの操作もできるのよ。他にも技能がいろいろ。あなたとは大違い」

「犬を連れて毎朝何かの餌やりに行ってるよな。車でさ」

「シビレ山は雷も多いし、大蛇が穴にいるってむかしから言うわよね」フキエは微妙に話題を変えた。「温泉が湧く場所だから、寒くなっても冬眠もしないんですってよ。敢て予言するならば、あなたなんかはさしずめ丸呑みにされて、骨だけ綺麗に吐き出されるって寸法よね」

手押し車に積んだ一斗缶やトロ箱入り頭部を二人がかりで運んでいくあたり一帯は巨大冷凍コンテナ群がはるかな天井の鉄骨アーチへ向けて見事なまでの遠近をつくり、今や石ばかりか無機物のほとんどが巨大化しているとしか思われなかった。市場の次は問屋街の装飾店へ、と買い出しの予定は決まっていて、トワダは公演準備でQを連れてその場所へ行った記憶がよみがえり、影の多い石畳の問屋街が現在どのような有り様になっているか考えるのも恐ろしかった。搬入口へ到着したばかりの大型トラックが逆光の影となって行く手を塞ぎ、するとウバザメかという勢いの巨体魚が烈しい悪臭とともに雪崩れ落ちてきたのでフキエがあららと声をあげ、手押し車ごと急に脇へ逸れた。殺到する作業員に押されてトワダは反対側へ――とそのとき、買い物用に預かった財布が懐にないことに気づいた。

エンジンを掛け放しにした軽トラックまでようよう戻ると、フキエは急ぎ積み込みの最中で、密かに舌打ちする様子が見て取れた。「置き去りにするつもりだったなお前」「大荷物をひとに押し付けておいて、何を言うのかしら」「財布、上手いこと掏りやがって」――押し問答の挙句、財布は確かにフキエが持っていて、問屋街へと移動するあいだもトワダはもろもろの疑念が晴れないままでいた。「紙の花や風船玉を安く買うのよ」装飾店に乗りつけると、フキエはひとりで車を降りた。「心配ならここで待っていれば。買い物はひとりで充分」

エンジンを掛けたまま店先で待つ行為はまるで強盗共犯者のよう、とトワダの念頭にそのことが浮かんだのは確かなことで、煙草の箱など取り出したのは無意識に余裕を見せたく思ったからだった。装飾店といっても卸の街区では灰いろの無愛想な建造物が犇くばかりで、車内のトワダとしては石畳通りの巨大化ぶりを敢てじぶんの目で確かめる気になれなかったのだが、フキエが全身で力みつつ押し開けて入っていった扉は劇団の古ビルや公営市場にも増してサイズ感が増しているとしか思われなかった。見るとこの壁にも花電車の告知広告があり、ただし半ばめくれた下に幻魔団の古いチラシが覗いているのはやはりQと来た店らしいのだった。

「——あんたら山から来たんだよね」

古い燐寸《マッチ》ラベルの絵柄を模した円錐帽の蛇女、という記憶に残る公演チラシの印刷画に見入っているとすぐ背後から声がかかり、運転席のトワダは窮屈に振り向いて異様に大きな目をした少女の顔と窓越しに直面することになった。荷台のトロ箱と一斗缶の隙間へ身を隠すように乗り込まれていたのだが、ふたりのうちひとりは何故か泣き崩れていて顔がはっきりせず、目の下の隈が激しい小娘のほうは顎の極端な細さといい大きく平板に塗り潰されたような黒目といい、あからさまな容貌の変形が見受けられた。

「勝手に乗るなよ。変な奴だなお前」

「この子、山まで乗せてってもらえないかな。山頂郵便局まででいいよ。それと煙草、すぐ仕舞ったほうがいいと思う」皺嗄《しわが》れ声の小娘は指差してきて、「どのみちここでは吸えないんだし、とにかく自警団が煩いんだよ。あたしもそれでさんざん揉めた口だからさ、ひとのことは言えないんだけどね」

「それより急いで、早く早く車を出して」手紙らしいものを握って泣き崩れていた一方が口を挟んできたが、こちらも妙な具合に顔が縮かんで、大人か子どもかよくわからないのだった。「だからネズミ、あんたも一緒に行こうよ。ここにいたっていいように利用されるだけじゃないの」

「そこのでかいお兄さん」ネズミと呼ばれた小娘はトワダに顔を向け、「山から来たんだったらQって奴を知らないかな。今朝の消印でもって手紙が届いたんだよ」

掻き集めて持てるだけ持った様子のフキエが飛び出してくるなりさっと身を隠したことに誰も気づかず、今朝の山頂郵便局での二通の手紙、劇団の階上でQが書いていた手紙も二通、とトワダは忙しく連想しつつあった。盗癖で知られた予言者気取りの女座員とフキエがここで重なり、しかし煙草を持ったままの右手が開けた窓越しに摑まれた、と思ったときには数人の腕によって車から引き摺り降ろされていたのだった。——その後の混乱を極めた事態に関して、大男のトワダが正しく認識できていたとはとても言い難く、何より肝心なのは相手が先に手を出したというただ一点。どこからか湧いて出た多人数による糾弾の輪のなかで、すぐに手が出る性分だけは思い残すことなく存分に発揮された。小娘ふたりが追われる身だったという形跡もあって、加えて窃盗団の嫌疑まで一身に降りかかったらしく、先のふたり組はどこへ逃げたのやら、乱闘騒ぎをよそに軽快に走り去っていく軽トラックの荷台にはゆらゆら動く巨大魚の頭部と一斗缶の山があるばかり。

問屋街でエレベーターが落ちた、とやがて慌しい人声が耳に伝わり、ほぼ同時に別方向からも罵声混じりの騒ぎが聞こえ、こちらの声は逃走車が誰か撥ねたと明瞭に告げていた。その頃には歯欠け脱臼に打ち身の痣だらけ、満身創痍のトワダの懐中に残るものは何ひとつなく、山頂のラボへ戻るにはこの先まったく思いがけない道連れに頼ることになる。

富籤《くじ》

「籤売りが来るんですよ。月にいちどくらいですかね」

ダクト屋のセツは言い、口調はいつもの調子で恬淡《てんたん》としているものの、熱心に待ち受けているような素振りもどこかに窺われた。「季節によってはもっと間が空くこともあるんですが、もしも当たれば一獲千金だし。それに富籤と占いがいっしょになっていて、これが意外によく当たるんです。もちろん占いのほうですけれど」

洗濯物を干し並べたなかで話しながらセツはタオルを絞り、じぶんの顔と首筋を拭いた。男物の袖なし肌着に作業ズボンとごつごつしたワークブーツという姿で食事の缶詰を開け並べ、街で開けてきたばかりという幾つめかのピアス穴を気にしてみたり、さまざま他愛のない話をする様子がKには目新しく、うつらうつらと寝床から眺めるうちじぶんはまた眠り込んでいたりするのだった。――スパナだらけの使い込んだ工具ベルトは隅にぐったりと丸められ、このところは明らかに忘れられがちになっている。

階段井戸の低層階でいっしょに暮らし始めてわかったことだが、地下を旅するダクト屋にも拠点となる定住場所はある訳で、このいかにも奇妙な場所にセツの野営の巣じみたねぐらがあることは確かに理に適っているものと思われた。音楽堂での小規模な滑落によって腰を痛めたKはしばらく寝て暮らし、やがて日光浴のため井戸を見下ろす縁の部分まで出てくる頃には街での暮らしにすっかり距離を感じるようになっていた。「公園の外はすぐ電車通りですからね。姐さんのところへ帰りたければ引き止めませんよ」――セツはしばしば繰り返し、女運転士ミツの行方は知らないと説明しても納得しない様子なのだった。

「それより出頭命令というのはいったい何のことだったんだろう」

「何かまずいものでも運びましたかね。姐さんがいろいろ手を染めていることは誰でも知っていましたよ」淡々とセツは応えて言うのだった。「相手がよく変わることだって」

「誘いなら他からも、とよく言っていたけれど」とKは気づかぬ振りで、「運転士の他にも仕事の口はあるような口ぶりだったね。そのために準備をしていたとか」

「姿も身分も変えてどこかにいると思っているんですね」相手は珍しく食い下がる口調になって、「もしもほんとうに行方を知らないのなら、次に会ってもそれが姐さんだとわからないほど見てくれも変わっているかもしれませんよ。兄さんはそう思っていないのだろうけれど、あれはそういう類いのひとでしたから」

兄さんと呼ばれる頃にはセツは仕事で遠出することも渋りがちになっていて、いずれは切り捨てる相手と内心で思うKにしても、朝寝の枕元に非難がましい掃き掃除の枯れ葉を撒き散らされることもしばしばだった。「こんなところに棲みついて、とんだ浮き草暮らしじゃないかねあんたたち。その暇に石磨きの修行に加わりなさいと、まったく何度言えば」——噂の掃除会の老人たちは噂のとおり朝ごとにやって来て、地上から舞い込んでくる落ち葉の類いをせっせと掃いて回り、あるいは水バケツを用いて石壁等を拭い清めつつ有難い説教まで垂れていくのだった。

「心を込めて磨けばじぶんの心も磨かれる。この階段井戸が崩れもしないのはわれわれの奉仕の賜物なのだと、そのことをよくよく了見しておきなさいよ」

無遠慮な侵入の示すとおりセツのねぐらは石回廊のひと隅を占拠した野営のキャンプ状態と言ってよく、欠けているのは炊事用の焚き火だけ。階段井戸の低層階は日当たりこそ少ないものの、地下深いせいか風もあまり来ず案外寒くはなかった。——大きな丸い穴としての地上部分は切り石だらけの音楽堂にほど近い場所にあり、そこから下は狭く深い垂直の空洞部、そして空洞を囲むかたちの石造の地下構造となっている。基底部の小さな湧水の庭を見下ろす輪型の遊歩回廊が四層ばかり縦に積み重なっているのだが、正確に言えば輪というのは正円に近い正十角形で、十の角ごとの石柱がそれぞれ上階の回廊を支えるという複雑な結構。空洞の塔を逆さに地下へ埋め込んだような階段井戸と呼ばれる構造物は老人たちが言うように石の崩れも畸形化もほぼ見られず、功徳の件はともかくとして、公園内にこのような場所があることをこれまでKは知らなかった。どう考えても降雨のない乾燥地帯にふさわしい結構のように思われるのだが、ともかく狭い階段部が真北の一箇所にあって各層と地上を繋ぎ、見た目の印象となる石柱群の数の多さは厭でもKに地下温水プールを思い出させた――ミツの記憶に繋がることを迂闊《うかつ》に話題にはしかねるのだったが。

待ちかねた籤売りがやって来たのはセツの留守中、不承不承一日限りの仕事に出たある日のことで、言い含められていたとおりKは代理で一連十枚の籤を買った。「兄さん兄さん、じぶんの運も試してみれば。小銭の持ち合わせもないというんじゃありませんよね」腰に商売ものの箱と小太鼓を下げた籤売りは手にした紙束をひらひらさせた。「いいひとだけに運が来て、じぶんが取り残されては不仲の元。小額でも当たれば儲けもの、仲良く山の湯治場へと洒落込むことだってできますぜ」

最後の給料が入った財布は生活費として渡していたが、上着を探るとライター入りの煙草の箱があり、小銭も見つかったのでKは一枚だけ籤を買うことにした。ひどい眇目《すがめ》の籤売りは小太鼓を叩いて去っていき、早速じぶん用の籤を剝がすと開いた紙片は二種類二枚。一枚は富籤で、これが小当たりを示す緑と黄色の印字だったのでぱっと頰が熱くなり、凶の占いのほうは一瞥して見なかったことにした。——籤売りに街の様子を尋ねるつもりですっかり忘れていたのだが、花電車のことなども今さら過ぎたことのように思われた。

それからセツが戻るまでかなりの暇があったこと、何の気なしに丁寧に畳み直した小当たり籤が糊付け面でぴたりと貼りつき、何やら開封前の状態に戻ったらしいこと、これらの条件が結果としてKによからぬ行動を取らせることになった。見れば見るほどセツの十枚にも当たりが混じっているような気がしてならず、気晴らしに歩き回ってもどこか後ろめたいところがあるような、妙な心持ちは一向に去らなかった。階段底の井戸庭では晩秋の水位が下がって影が深く、ライターは空打ちばかりでどの位置でも着火せず、いつ見てもまったくひと気のない回廊群の光景は空漠の気配。逆光となった外周の縁から侘しく舞い込んでくる枯れ葉があり、このような場所で短い仮暮らしをしたことをいつか懐かしく思い出すこともあるのかと漠然とKは考えた。——寝床の場所まで戻ってもセツはまだ帰らず、枕の上の籤の束はますます強力に視線を吸い寄せた。一枚だけでも中を見てみたい、丁寧に扱えばたぶん元どおりに戻せるだろう——そう思ったときには封を剝がしていて、表の占いは念願叶うとの強運の文言。二枚目に大当たりの真っ赤な印字を見たとき、Kの手は悪い汗で湿っていた。

このまま正直にセツに見せればそれで済む。しかし大当たりは一生ものの大金に換金できるものであって、街の引き換え所まで出向くだけ、と一応の知識はあるのだった。取りあえずじぶんの小当たり籤と入れ替えるのは当然の権利と思われたし、あるいはすべてを懐にひとり公園を出ていくじぶんの強力なイメージに幻惑翻弄されるうちKははっと目を覚まし、乱れた寝床で前後不覚に寝込んでいたことに気づいた。——すでに日が暮れかけていて、それより肝心の籤がどこにも一枚も、存在したという痕跡すら見当たらなかった。剝がした封はたしか丁寧に貼り直したような、しかしうっかり未開封の籤と混じってしまい、訳がわからなくなったこともすべて夢だったというのか、気が焦れば焦るほど記憶は混乱するばかり。何故か錯乱の挙句ひらひらと底なしの水面へ舞い飛んでいく多数の白い紙片のイメージがうっすら頭に残っていた。

「籤売りが来ましたよね。外で会ったんですよ」息を切らし気味に戻るなり、真っ先にセツはそのことを言った。「あたしに十枚、兄さんに一枚確かに渡したって。もしも小当たりでも出たら、山へ湯治に行きたいんですよ——冬越しを兼ねて」

言いながら手探りで電池式ライトのスイッチを入れ、すると爆発的な明るさが生じて周辺の石回廊や壁を照らし出し、代わりに物影の闇が濃くなった。それまでKは薄暗いなかで膝を抱えていたのだが、外は雨になったのかセツの赤い短髪は濡れていて、長年の戸外生活のせいかかなり肌荒れしていることも今更のようによくわかった。「今年は焚き火もできないし、そろそろここにいるのも考えものだと思うんですよ。源泉に近い地下道へ移るという手もあるんですが、とにかく籤売りが来るまではと思って待っていたんです。兄さんの腰だって養生しに行ったほうがいいだろうし――で、籤はどこに」

すると枕の下に硬い手ごたえがあり、土壇場で出てきた籤が二枚だけあった。今はこれしか見当たらないことをKは告げ、委細についてはすべて観念して両方相手に差し出した。「他はそのあたりに紛れているんでしょう」淡々と言ってセツは受け取り、一枚をKに戻し、残る一枚の封を剝がし始めた。顔色を窺いながらKはじぶんの封を開け、幾分か予想したことではあったが見覚えのある凶の占いを手元に見出した。

「心変わり世に多し。これはミツのことだろうかね」

「あたしのは外れでしたよ」セツが言った。「兄さんのは」

「――小当たりだ。湯治に行けるよ」

緑と黄色の印字がある籤を広げて見せると、相手はじぶんの籤を握り込むようにして作業着の胸ポケットへ収めるところだった。「そちらの占いはどうだったの。もっとよく読んでみれば」

「明日の仕事はやめにしますよ。遠出の口を誘われていたんですが、断ります——湯治に出かけるまえに、まず街で買い物を」セツの顔は特に表情がないまま、荒れてかじかんだ頬に血の気が差しつつあった。

「まず街で買い物を。いい石のピアスがあって、ずっと欲しかったんです。小粒のじゃなくて大粒のダイヤ、カットがよくて輝きが何しろ凄いんですが、まさかあれを買えるなんて。赤や緑の色石もいいのがいろいろ、それから別の店に」

殴られたように赤まだらに紅潮しつつ喋り続けるセツの片手は胸ポケットを触り、しきりにその感触を確かめていた。ここで何か言うべきなのか、それよりどの時点でじぶんが切り捨てられることになるのかKは予想を試みたが、未来は殺伐として、占いどおりになるとしか思えないのだった。

修練ホテル

「泊まれるかな」

フロントに声をかけてきたのは中年の夫婦もので、見るからに山歩きのハイカーらしい服装。これは通りすがりの者たちであるから、身分等が明かされることは今後ともない。

「部屋はご用意できますが」フロント員が応えて、「降られましたね。ずいぶん濡れていらっしゃる」

「はやく熱い風呂に入りたいわ」中年の妻はしきりに四方を見渡していた。「部屋に内風呂はあるわよね」

「それより岩風呂がお勧めですよ」

「遠いんじゃないの。何だかここ、思ったよりずいぶん中が広そうね。やたら声が反響するし」

「これは凄い標本だな」と夫のほうは脇の展示ケースを見上げて、「何の頭骨なんだかね」

「オーナーの趣味でして。これは珍しい畸形で、偶蹄目の双頭標本です」

「ふたつの顔がひとつに合わさっているとはね。生前はさぞかし生きづらかったことだろう」

「言われてみれば、そこのメイドさんたちも双子だしね――あら、よく見るとこのロビーって正十角形なのね。周りの柱が十本、床のモザイクも色石の十芒星。面白いわ」

白黒揃いのメイド服姿、部分照明の真下に立つ双子姉妹が仄かに唇だけ微笑した。黒スーツのフロント係は長めの前髪を斜めに垂らし、鼻の下に少し向きの歪んだ口髭がある。

「岩風呂の評判なら聞いた覚えがある。ロープウェイの展望台にあると聞いたんだが、反対に地下深くにあると言う者もいたな。確かそうだった」

「あなた、それより早く記帳を済ませてよ」

「どちらも共通して言うのは、眺めがいいということだ」夫は食い下がる口調で、「それが只事でない眺望だと」

「皆様そのようにお褒めに」

「何だか変声期の男の子みたいな声だわね、あなたは。あのね、あたしが聞いたのは大蛇の評判だわ」唐突に中年の妻が言い出した。「赤い鶏冠《とさか》つきの大蛇の話。元は冠だったのが変質して肉腫にまで落ちぶれたとかで、それがひどくみっともなく不似合いで、山の穴にいる本人も気にしている様子だとか。蛇に本人もないけれど」

「鶏冠だって。お前はいつも馬鹿なことを」

「ふふ、それだけじゃなくて耳と鰭《ひれ》も付いているんですって。退化した前肢もね」

「退化した何かならお前にもありそうだが――おいおい、あそこで誰か寝ているじゃないか。どういうことなんだ」

「部屋までご案内しますので、お気になさらず」台帳を回収したフロント係が鋭く指を鳴らした。「雷が過ぎればロープウェイの運行も再開します。風呂に浸かって朝までお休みになられたら、無事下山できますよ」

「まあ、何だか聞いただけで目が回る。きっと正十角形のせいね」

「ご案内しますわ、奥様」

進み出た双子のメイドがモザイクの十芒星側へ回り込んで両脇から抱え、正十角形のロビーには確かに十方向への扉があった。通りすがりに迷い込んだ夫婦者がどの扉から入ってきたのか、もはや見分けがつかないのも道理であって、しかもわざとのように何度も回転させられ、数の多い吊り照明が視界で渦を巻くのだった。

「山頂案内図では、ここは頭骨ラボとかいう場所の筈だったんだが」

いっしょに運ばれていきながら息も絶え絶えに夫が言うと、

「その案内図は少し古いですね。修練場と表記するのが正しいんですよ、ほんとうはね」黒服のフロント係が口髭のずれを直しながら応えたが、しかしこれは独り言であるので誰の耳にも届かない。——「奥様どうぞこちらへ。でも部屋のお風呂を使われるのでしたら、浸かったまま寝込むのだけはおやめになって欲しいですわ」「ええ、ほんとにそのとおり。とろとろ煮込まれて骨だけになるお客様も」「修練中の身の上とはいえ、掃除がたいへんですのよ、そうなると」「普段は箱入りのあたしたち。ヘッドドレスつきメイド服は一張羅ですから、汚したくありませんの」——勝手なことを喋りながら双子たち一行が去ると、どこかで強盗《がんどう》返しが行なわれたらしくフロント付近はもぬけの殻。

代わりに犬がいて、十の柱が支える上階観覧席の様子を静かに眺める様子だったが、市電のロングシートにあるような別珍張りの上階席上で寝込む黒い影たちは誰が誰ともわからない。時おりどこからか青白く物凄い稲妻の反映が忍び込み、うねくる大蛇の胴の黒い影絵らしきものまでぼんやり上階に生じたりするのだが、それだけでなく、ずっと上方で何かが轟々と燃え盛るらしい気配がロビー全体を水底にあるように脈々と動揺させる。

「圧の問題」静かな口調で犬が言う。「制することが重要。圧よし、今のところ」

――――

それでも強力な低気圧が近づくとの予報が出て、昼までの薄い陽射しが嘘だったように山は荒れ始めていた。雷の警報も出ていると何人かが言うように山頂上空の一帯に不穏な気配があり、「やっぱりね、ロープウェイは運転休止になったらしいよ」「下山客はケーブルの駅まで行かなきゃならないね。外はきっとたいした混雑、帰れなくなっている者もいるんじゃないかね」――全焼に近い半焼というきのこ工場の従業員たちも呼ばれて歓迎会のラボにはひとが溢れ、休館日であるのをいいことに有料の展示スペースにも入り込み、話し声はどこにいてもよく響き渡った。

「買い出し組がまだ戻らないんだってさ」

「あの臭くて煩い奴と売店の子だろ。でも生牡蠣は当たるから怖いよね」

「あたしらの差し入れもあるから、食べるぶんは充分あるよ。どうせ当たるなら余興の籤引きのほうがいいよねえ」

「あとで岩風呂にも行かせてもらおうと思ってさ、あれは妙な場所だから妙なものが見える」年嵩のひとりが言った。「でもあたしはあそこが好きなんだよ。雨だとどうなんだろうね」

「サワさんそこにいるよ。今日は犬もいっしょだね」

頭骨入りガラスケース群の一角が白く感光したように輝いたのち雨合羽姿のサワを映し込み、無人の売店付近にいたQはふらふらとその後を追った。未だ戻らないトワダのことなどまったく意中になく、左腕が熱を持って痛痒《いたがゆ》く疼き、骨折が治りかける兆候とはとても思えないのだった。——「ギプス、外してもらえませんか」

「我慢できませんかね」

呼び止められてサワは露骨に迷惑そうな顔をした。ごわつく雨合羽に隠されてその下の身なりはまったく見えず、よく光る黒革靴にわざわざ目を留める者はない。

「ひどく腫れて。指輪も食い込んで痛いんです」

「外しておけばよかったのに」

あとで診療室まで来るよう言い残し、フードを深く被ったサワは玄関から大雨のなかへと駆け出していった。ほとんど気配というものを感じなかった犬も一緒に走っていくのが見え、この犬と目を合わせたことが一度もないとふとQは思った。——目を合わせるのは修練の終わり、このとき空井戸の縁に腹這ったサワともQは同時に目を合わせることになる。

「サワさんロープウェイのことで呼ばれたんでしょ。電話が掛かってきたから」

「違うわよ、工場の電源のことじゃないの」

早めに点灯されたロビーに群れて女子職員たちも勝手に喋っていて、こちらはすでに艶々と湯上りの頬を上気させていた。

「賄い場にきのこの箱が山積みに届いているの。火事で焼けなかった棟のは生き残っていたのね」

「お腹空いたわ。フキエたちが戻るまで待たなきゃならないのかしら」

でもあの子はちょっと、と同室らしいひとりが微妙な顔をしたが、

「籤引きの賞品が凄いんですって」

「サワさんと街へ花電車を見に行く権利とか。でもそれだとたぶん皆で一緒になってしまうから、ふたりきりで奥山頂駅まで往復する権利でもいいって」

「それは何だか都合よく解釈しているんじゃないの。でもあたしは金のリングのほうがいいなあ」

そして急に声を潜めたのはQの顔を認めたためらしく、しかし警備員のキダが険悪な形相で近寄ってくるとQを庇護するように取り囲み、さりげなく別方向へ誘導するのだった。――「岩風呂まだ行ったことがないんですってね」「あら、でもギプスが外れたら行けるんでしょ。白いお湯着をつけて行く場所だから、あたしたちといっしょに入れるのよ」「夜はロープウェイのゴンドラが青い照明になって見えるから綺麗なの。でも今日はどうかな」

甘味を好む女子職員たちの甘い口臭としきりにギプスの左手に触ってくる圧迫感のなかで、Qは何か思い出せないことがあるような、気圧の低下と帯電と何か巨大なものの接近によって押しひしがれる感覚を持った。いちどだけ電話してきた新妻からはその後音沙汰がなく、誰よりいちばん恐ろしいのは実はこの少女じみた結婚相手なのではないかと思える節もあり、妙な電話の切れ方の件にしても向こうはこちらの出方をじっと待っているのだろうと思うとますます気が重いのだった。

「歓迎会とやらの前に、オーナーから打電があったことをまず公表するべきだろうね」

不穏な雰囲気とともに声をかけてきたのはやはりキダで、休日の今日も制服姿で手に紙皿を持ち、調理場から持ち出したらしい料理を勝手につまんでいるのだった。「山頂局から急ぎの配達が来たんだが、あの接骨師が割り込んで勝手に受け取ってね。言っておくがあれは怪しい偽医者だよ。何も知らないならご愁傷様だが、その骨折が治る保証はあまりないんじゃないかね」

逃げ去る女子職員たちを見送りながらQの耳元で言うのだったが、折さえあれば類似のことを言ってくるので、適当に聞き流すしかないのだった。

「診てもらうとき言っておきますよ」

「いつもそう言うね。まあいい、所長が帰り次第どうなるか見ているがいいさ」

「オーナーのことですか」

「社長と呼ぶ者もいる。ワンマンなんだよ。女だがね」

「今になって何か言い出すのも」曖昧にQが言うと、

「留守をいいことに好き勝手をするなら別だ。案外お前さんもぐるなんじゃないのかね」

言うだけ言うとキダは去り、ロープウェイが動きだしたと誰か喋っているのが聞こえ、館内放送の音楽まで混じるざわめきのなかQは食堂へと誘導された。まったく無意味な山頂生活が始まってどれほどの日数が経過したのか曖昧になっているのだったが、日に三度は確実に訪れるこの場所は妙に広びろと山中の眺望がひらけ、しかし今は激しい雨脚と真っ暗な稜線を物凄く光らせる稲妻に呆然とするうち道化じみた紙冠までQの頭に載せられたようだった。

音楽に混じって妙な調子の小太鼓が鳴り響き、街で見かける富籤売りが背中の幟《のぼり》を揺らしながら混雑の間を練り歩いてきた。「街では大当たりが出たところだよ。お大尽のご一行は手当たり次第買い物三昧の景気よさ。まだまだ小当たりも中当たりもあるからね、運試しはいかが」

「余興の籤引きってのは、この富籤のことかね。聞いた話と違うだろ」

「余興はあとで、と聞いたけどね」どこかで女たちの声が喋っていて、「奥山頂駅でまた落雷があったらしいよ」「この生牡蠣、いったいどこから届いたのかね。軽トラが戻ったのなら、帰りは送ってほしいよね」

影の薄い研究員のひとりがマイクを持って司会を務め、有耶無耶のうちに歓迎会は始まっていたが、トワダもフキエも相変わらず姿は見えないのだった。

「あなたと話をしたいとずっと思っていたんですよ」司会の研究員はマイクを通して喋る合い間に小声でQに話しかけてきた。「サワ氏が囲い込んで邪魔するものだから――あなたの披露宴には出席していたんですよ、私も。末席もいいところでしたから、きっと気づかなかったでしょうが――ええ本日は、Q君を歓迎する席へ多数お集まり頂き、生憎足場の悪いなか――」

「じぶんはギプスが外れたら出ていくんです」急に思い出してQは言った。「もっと早く出ていくべきだった。いろいろ見学できてよかったです」

「駄目駄目、小声でお願いしますよ。マイクが音を拾うから」相手はことさら声を潜め、

「わかります、女子職員どもが煩いんでしょう。私などはもう、羨ましい限りですがね。何をどう勘違いしたのか、金のリングを誰がもらうかで揉めているそうじゃありませんか」

「ひどく腫れてずきずき痛むんです、指から抜くどころじゃないです」

「指を切り落としてでも手に入れる、と豪語している者もいるそうじゃありませんか。女は怖いですねえ。岩風呂に誘われても、絶対行くんじゃありませんよ」影だけでなく前髪まで薄い研究員は言うのだった。「——ええと、本日は賄いのほうで不都合がありまして、急遽このようなことに」

さいごはマイクを通して言ったのだが音割れがひどく、耳障りな共鳴音まで湧き起こる始末。こちらを向いた顔の雑多さとざわめく声の多さにQは眩暈《めまい》を覚え、すると暗澹《あんたん》とした記憶、火が消えたと指差し嘲笑う暗い海と化した観客席が目のまえに重なるのだった。——起死回生の大掛かりな異国風装置となった特別公演でのことで、そのとき裸身めく肉襦袢《じゅばん》に円錐帽をつけたベテラン女座員がちょうど井戸から半身現わしたところ。照明の工夫とドライアイスの重い霧とで舞台は色さまざまな雲海となり、吊った針金で動く蛇体の下半身も見え隠れする。「おお、あたしの胸の火を守ってくれたのはそこのお前か」——舞台端の生き燭台としてずっと皿の火を掲げていたQはここで初めて舞台中央へ——二酸化炭素発生による酸欠が生じるとは誰も思わず、その後の不燃の秋すら責任があるように指差しされ、挙句に婚約までごり押しされたいきさつとなる。どこかで電話の着信音が鳴り続け、音楽よりも雨音のひどい会場にはうろつく小型犬がいて、これは疥癬病みなのか禿げ散らかしている上にきつい薬でも服用しているらしく、腰をかがめては大量の尿を洩らすのだった。

「Q君、あなたね」前髪を変に乱した司会はだらりとマイクを下げていた。「昨晩遅く、連絡通路のあたりを歩いていたでしょう。あんなところでいったい何を」

逃げるなら今だ、と唐突にQが考えたのはそのことで、ロープウェイが動いている今なら下山できる。サワに出くわすのが具合悪いなら奥山頂のケーブル駅まで歩いてでも――そのように思案しつつも、ギプスの圧迫はいよいよ耐え難い痛苦と化しつつあり、犬が戻っていないなら飼い主も戻っていないのだろう、そのように考えはますます混乱するのだった。「運試しはいかが。ほんの小銭と引き換えに儲けもの」――気づくと立食中の人ごみのなかでひどい眇目の籤売りの顔が面と向かって口上を述べたてていた。

「今日の生牡蠣と雷は当たりもの、珍しい相乗運と見たね。懐に少しでも持ち合わせがあるのなら、ここで使わない手はありませんぜ」

籤売りは擦り太鼓でもって調子をつくり、つられて懐へ右手を入れたQはすっかり忘れていた皺だらけの金一封を摘みだした。

「ずいぶん薄いが、中身は一連十枚ぶんにやや足らずと見たね。当たりが出れば兄さんもいろいろ都合がいいのでは」

「でもこれは仕送りに」

「玉の輿に乗った身分で何を言うやら」相手は妙に馴れ馴れしく態度も変えてきて、ちょうど山の共同温泉場を回ってきたんだが、底穴から未開封の籤が何枚も浮いて出たとやらでね。どこから流れ着いたのか知らないが、早速この手に戻って売り物に。こいつはきっと縁があるよ兄さん」

そして押し付けられた九枚の籤の束は濡れて膨らんだ形跡があり、いかにも悶着の種となりそうな風情でQの懐に収まったのだが、「いっしょに逃げてもいいよ。ここを出ていくつもりなんでしょう、聞こえたのよあたし」

耳を擽《くすぐ》るように囁かれたのは実にこの状態でのことで、「君ってたしか幻魔団の舞台に出てたよね。あたし笑ったりしなかったよ、あのとき」――体温と仄かな甘い口臭を感じつつ会場を見渡すと主役の残りふたりは相変わらず姿が見えず、ただしセーター姿のサワが戻っていて、これは座って煙草に火をつける姿勢のまま何事か食ってかかるキダを見上げているところ。巨大魚の頭部が氷菓のように解凍しかけて傾く様子なども垣間見え、余興の籤引きとやらもすでに始まっており、雛壇の周辺には大きく人垣ができていた。

「ギプスならあたしが壊してあげるわよ、簡単でしょそんなこと」

「でも外はひどい雨だし」

奥の壁際でひそひそ話していると、たまたまQの右の手のひらが内線電話らしい感触を探り当てた。それはいきなり生き物のように振動し、鳴り出すまえに耳に当てると受話器は女の声で喋りだした。「――ですからね、夫の呼び出しお願いしていますのよ。緊急の呼び出し――あらあなたなの、あなたそこにいらっしゃるのね」

「まずどこか空き部屋に隠れるのよ。外には折を見て」反対側から強引にからだを押し付けてくるのはずんぐり背の低い女子職員で、先に微妙な顔をしていた折の娘であるらしかった。「君には特別に見せてあげる。皆が騒いでいる一等の当たり籤ってね、ほらここにあるのよ。面白いでしょ、前もって抜いておいてやった訳。だって、いつもあたしばかり損しているから」

「――急いでお伝えしたいことがあって。明日にもそちらへ伺うつもりですけれど、そのまえに」受話器の声も一方的に喋り続けていて、「山頂郵便局から頂いたお手紙ね、先ほど届きましたの。宛名が少し間違っていて、配達人も迷ったみたい、ひどいわ。あたしひとりで読んだのよ。皺だらけになって、可哀想なあなたのお手紙」

「岩風呂ってね、よければ今から一緒に行ってみない。余興タイムだから誰もいないよ、今ならば」――ずきずき脈打つ左腕に絡みつかれてQは飛び上がり、そのときサワが何か言いながら親指でライターを着火させた。

瞬時に全館停電してあたりは真っ暗闇となり、同時に窓外の暗い山稜へ新たな太い落雷があった。弾ける乾いた衝撃がここまで届き、一瞬だけ山肌の皺が克明な影を持ってくっきり明るく浮かび上がった。見えない別の場所では青く照明されたロープウェイのゴンドラが山頂めざし風雨を突いてぞろぞろ登ってくる最中。下り側のゴンドラはどれも定員超過気味に下山客が犇いているが、擦れ違いで登ってくる青く丸いゴンドラの列はむろん無人、ただしその幾つかにぼんやり複数の人影がある。

混乱する歓迎会場では床に落ちた紙の冠が多くの靴に踏みにじられ、二匹の犬がそれぞれ匂いを嗅いで通り過ぎ、汚れ破れて次第にかたちを失いつつある。

階段

湿気と強烈なオゾン臭と濡れ落ち葉に塗《まみ》れた薄曇りのロープウェイ発着場には山頂案内図の目立つ看板があった。濃い朝霧に巻かれた登り階段の途中でKが案内を眺め渡すと、多くの施設は山頂駅周辺に固まるようで、うねうねしたハイウェイ沿いに有名な展望台、かなり離れた方角に奥山頂駅がある。街からここまでは近いようで案外遠く、ようよう辿りついたという感もあり、今まで遊山《ゆさん》というものに縁のなかったじぶんの人生が思い返されるのだった。「山中湖と古いダムは少しだけ見えたね」――連れに向けて話しかけてみたものの、「あたしそんなもの見なかったよ。馬鹿みたいな霧だらけだし、ゴンドラが揺れて怖いったら」「禿げた岩山も多いようだった。むかし丹を産したというのはこのあたりだろうかね」思い出してKは言った。「丹とはつまり、水銀のことだよ」

「すいぎんって何よ。何言ってるのか全然わからない」

連れは不機嫌さを隠さず、会話を諦めたKは背負った相手をひとつ揺すり上げ、再び困難な登攀にかかった。

元はケーブル駅として設計されたとでもいうのか、仰角四十五度ほどもありそうな急峻な登り階段の到着ホームは霧に巻かれ、支索と平衡索と曳索で吊られた小型ゴンドラがふらふらと減速しつつ次々に脇を追い越していく。入れ違いに反対レーンを下ってくる列もあるが、駅舎頂上部はまだまだ急勾配の先にあった。どう見ても客も係員もどこにも存在しないらしい様子にうろたえ、階段のもっとも下あたりで焦って勝手に降りてしまったのだが、「あたしぜったい歩かないからね、怖すぎるよこんなの」――そのとき転落防止の鉄柵にしがみついて離れない勢いで道連れは言い張った。いっぱしのダクト屋らしく下に作業着を着込んでいるが、力んで踏ん張った足元はセツの凝った鋲打ちブーツと違い学童用の安手のズック靴で、発育不全気味の貧弱な体軀がますます小動物を思わせた。仕方なくKが背負っていくことにしたのだが、あり得ない急傾斜は痛めた腰にもさすがにきつく、揃って転げ落ちることになるのではと心配されるのだった。

「空気が冷たい——山は紅葉が見ごろだって姐さんたちが言ってたけど、ずいぶん散ってしまってもう冬みたいだよ」

「悪天が数日続いたからね。寒いかな」

「買ってもらったジャケツが綿入りで暖かいからいいよ。皆待ってるかな」

「置手紙にはそう書いてあった」

「——熱を出したりしてごめんね。遊び回るのが嬉しくて楽しくて、調子に乗ったんだと思う」連れはしおらしく背中で言うのだった。

街での豪遊中にセツが呼び寄せたダクト屋仲間は次第に数を増していき、わずか数日で正確な人数もつかめないほどになっていた。温泉施設の離れを貸し切り、日中は遊び歩いて買い物三昧、めぼしい品々を直接持ち込む業者もあって、セツのピアスは小鼻と唇に増えた。「何もかも兄さんのおかげで」——取り巻きに囲まれセツは鷹揚に言うのだったが、ふたりきりになる折はまったくなくなり、ある日遅めにKが起き出すと部屋は散らかったままもぬけの殻。熱を出して寝込んでいる子どものような小娘だけが部屋に残され、枕元に置手紙があった。

「ここ、きっと乗り換え駅だよ。だからホームがこんなに長いんだ」背中の小娘が急に言い出した。「降りる駅を間違えたんじゃないの。姐さんのところへ行けないよ」

「ここから先は廃線らしいよ。奥山頂駅までは」

「あそこで聞いてみれば」

無人のゴンドラがターンしていく小駅舎構内では相変わらず客も係員も姿が見えず、機械室を覗いてみても空バケツが床に転がる無人ぶり。ようやく背中から降りた連れが屈んで床のメモ書きを拾い上げた。

「オマエ、キライ、バカ、何なのこれ」

数枚あるのでKも覗き込むと、「イッカ、クッテヤル」「ニワトリハイヤダ、イヤダ」——蚯蚓《みみず》がのたくる必死な筆跡で、これと退化した何かを結びつける謂《いわ》れはふたりにはないのだった。

「試運転中なのに勝手に乗り込まれては」ようやく現われた警備員が言い、確かにKたちは無人の麓駅で自動切符だけ購入して勝手に乗り込んだのだった。

「つい先日の事故の話は聞いていないのかね。落雷の影響でここも結局停電してね、おおぜい宙吊りになってそれは大騒動だったよ。あのとき無理に運転再開した責任は当然負うべきなのに、うまく逃げやがって」キダは舌打ちせんばかりにひとりで喋りたてた。

「山頂観光ホテル、展望温泉ホテル、ホテル山頂温泉、似たような名ばかりこの近辺に多いねえ。まあゆっくり探してみなさい」

傾斜面の私設郵便局のまえを過ぎ、誰か通らないかと振り向くと、遠目に眺める灰いろのロープウェイ発着場は重い霧の流れに無音の音をたてて洗われていくかのよう。手前に小さくこちらを見守る様子の犬がいて、明るい光の粒子を含む霧の奥手に廃線軌道の鉄塔が点々と濡れた影絵になって浮かんでいた。

「ほんとうにこの山の温泉ホテルなんですかね。お大尽ご一行、噂は聞きませんけれどねえ」

数軒目で言われるころには病み上がりの連れも疲れていて、閑散としたロビーの喫茶室へ入ったが、「厨房の都合で、今は冷たい飲み物しか」——そこだけ明るい窓際の席で昼間から発泡酒をまえにすることになった。

「兄さんが小当たり出したんだよね」向き合う相手は話題を変えてきた。

「セツはどう説明していたのかな」

「兄さんにその話はするなと」

「——街の引き換え所へ一緒に出向いたとき、ひとりで引き換えてくるようにとセツは言ったよ。じぶんは玄関で待っているからと」思い出しながらKは言った。「戻ってみると元通り椅子にかけて待っていて、現金の袋はそこで渡した。交換手続きに案外手間取って、待たせた訳だが。それから散財が始まったんだよ」

「大当たりのお大尽と呼ばれていたでしょ」

「聞かないよ。ぜんぶ任せていたから」

「残りの九枚の籤はどうなったのさ」油っぽい頭髪を額に張りつかせた小娘はコップ半分で目の縁を染めながら言うのだった。「皆はずっとそのことばかり。無くしたというのはきっと嘘だと」

「置手紙と一緒に現金があったが」Kは言った。「宿の支払いは済んでいて、現金は小当たりぶんの半分程度あった。意味はわからない」

「花電車見物が楽しみだったけど、山からでも見えるから大丈夫だって姐さんが——だから岩風呂ってね、行ってみたかったんだよ。そこから違う世界が見えるんだって」

窓の外のデッキテラスに薄日が射し、ほとんど同じ顔をした華やかな少女たちがテニスラケットを小脇にして走ってきた。少しずつ年齢が違うらしく、どれも姉妹と思われたが、似たような服装で次々同じ顔が現われるので、錯視か気の迷いのように思われてくるのだった。——「あれ、姐さんがあそこに」連れの小娘が突然コップを倒し、立って駆け出していくので自然にKも続いたが、姐さんとかつてセツが呼んでいたのは女運転士のミツのことだった。遠い昔のことのように、ふと思い出していた。

——

「おお」前歯が一部欠け、鼻筋に赤紫の生傷ができたままのトワダが驚きの声をあげ、竹箒を動かす手を止めた。「Qよお前、そんなところで何やってるんだ」——嵌《は》め殺しの窓の内側ではベッドサイドでQが硬直し、左腕は何やら小汚い布で首から吊っていて、残る右手にどう見ても小太鼓らしきものを持っているのはまったく意味がわからないのだったが、すると連れの老人が大男の尻を叩いて注意を促すのだった。「預かりの身分で手を休めるなど。徹底した清掃こそが世界を正す。よく弁《わきま》えて集中しなさいよ」

Qは姿を隠して無人のホテルルームの室内が残り、後ろ髪を引かれつつトワダは清掃作業に戻った。竜舌蘭の大鉢だらけのテラスは部屋部屋をめぐる回廊式になっていて、ごく浅い角度の角ごとに上階テラスを支える石柱がある。角は頻繁に存在し、腰の高さの手摺もまた石と彫刻で構成されており、その場から上下を眺めれば全体で十角柱となった吹き抜け空間が奥底深く中庭へ向けてすぼまっていくという相当に劇的な眺めがある。宿泊施設の中庭であること、尋常に非常階段が設置されていることを除けば街の階段井戸とまったく同じ構造の眺め、とトワダは知らないのだったが、ここの狭い中庭もまた丸い水面の井戸を持っており、ただしこちらは温泉であるらしく真白い湯気が纏《まと》わるのだった。

「骨かね」

「また骨だ。かなり大きいな、これは鶏か何かだろう」

掃除老人たちは手数とともに口数も多く、

「まるで洪水のあとが乾いたような泥汚れじゃないか。街の階段井戸と違って、ここは落ち葉が入ってこないのが取り得だが」

「だからといって骨を散乱させておくなど。持ってきた塵芥入れがもういっぱいだ、どうするかね」

「頭骨ラボの清掃は予定に入っているんですかね」とトワダが口を挟むと、

「あそこは論外。迷子になる者が多くて」――ことさらに老いのめだつひとりが応え、これは他の者たちと同様に痩せて萎んだ体軀から大量の重ね着が垂れ下がり、実際どれほどの老齢であるのか判断がつきかねるのだった。「買い取った宿泊施設をラボとして改装したそうだが、山頂案内図によってはこのホテルと場所が一致していることがある。表記上のミスなんだろうが、迷子が帰ってこないようでは会としても具合が悪いんだよ」

「ここには妙な地下通路から入ってきましたよね」トワダは再び割り込んだ。「外から見た階数とここの眺めは釣り合っていないような気がしませんかね」

「ラボを飛ばして進むなら郵便局と山頂駅、それから奥山頂へ回るかね」

老人たちは地図と首っ引きで案を練るのが忙しく、

「あそこは塵芥処理場になっているんじゃないかね。確かそう聞いた」

「見学に行かねば。しかし適当な交通手段がないね、この地図では」

「雷雨の晩に、この木偶の坊のために麓駅まで荷を運んでやったのだったな」帆布製の巨大な塵芥袋を支える老人が思い出すように言った。「あのときの雷はまったくひどかった」

問屋街で人身事故を起こしたフキエは車を置いて逃げ、乱闘騒ぎの末に窃盗容疑まで一身に降りかかっていたトワダを車ごと身請けしたのがこの掃除会に他ならないのだった。早朝だけの活動に飽き足らず、勢力拡大中のかれらが出張ってきていたためで、「旅する掃除会として組織を再編しているところなんだよ。力仕事を任せられるなら、ついでにこの恐るべき不潔な生ものの山を麓駅まで送り届けてやってもいい」

急激に低気圧が押し寄せて夜には天候が激変し、青く発光するゴンドラに一斗缶の山と巨大魚の頭部を運び込んだ折の光景は忘れられない印象としてトワダの記憶に新しかった。送り先の山頂駅では連絡を受けたサワが待っている筈、と見上げた黒い山容は凄いようにざわめいていて、激しく濡れたじしんの首は頑丈な犬の首輪で締め付けられている始末。それから数日の使役ののち、街から山へと清掃の旅が進んだのは好都合だったが、未だラボにも立ち寄れずQの失踪の件を知る由もないのだった。

「──あいつのギプスは取れた様子だったが、首から布で吊っていたのはどうした訳なんだか。そもそも何故こんなところに」

斟酌《しんしやく》なく竹箒でこづき回され、首輪の鎖まで引っぱられながらトワダがさまざま思うころ、Qの側では客室棟内の完全な迷子と化していた。「犬の首輪に鎖だって。何だか傷だらけだし、あの先輩は相変わらず何て派手なんだ——それにしても楽屋裏じゃあるまいし、あの部屋はいったい何だったんだろう」

小太鼓やら幟やらを空き部屋のひとつで発見したのはまったく偶然のことで、しかも脱ぎ散らかした着衣に各種の鬘までベッド上に散乱しているという不可解な有り様。すぐさま廊下へ逃れたものの、窓越しに見た数日ぶりの他人の姿、それもトワダによって目撃されたことについてはQとしても動揺せずにはいられないのだった。——「掃除人たちがここにいるということは出入り口があるということで、そもそも連絡通路の出入り口がわからないなんてことはあり得ないんだ。というより、彼女を置いてきた部屋番号がわからないなんて。2048、違う、4028だったか」

ちょうどその日の朝で手持ちの食料が尽きたところでもあり、常にも増して思考が混乱気味の現在のQの左腕は適当に裂いたシーツで首から吊っているのだが、ギプス解体時に牡蠣の殻剝きナイフで切りつけられた傷が腫れて痛むのだった。

「あたしだけ損するのはもう我慢ならないんだからね。こうなった以上は責任取ってもらうわよ」

リツと名乗る短軀の女子職員はナイフで脅しつつQを誘惑し、そのとき執拗に切りつけてくる目は狂気じみて据わっていたのだった。機嫌はつねに乱高下するようで、持ち込んだ一斗缶いっぱいの生牡蠣やきのこ料理を底なしに貪りつづけ、広くもないホテルルームはたちまち紙皿や食べ屑で溢れた。——「こちら側に勤める従業員の数があれほど多かった訳だね。でもこれほど背の高い建物を外から見た覚えはないよ」当初のQの疑問はそれだったが、逃避行の道連れは不快げに鼻に皺を寄せ、「ここは修練場、大半が地下なのよ。夜中に君がうろついていたことは噂になってたから、こちらのことも少しは見当がついていたんじゃないの」——停電騒ぎの厨房からふたり持てるだけのものを持ち出し、子どもっぽく食べられないものが多いQは保存食品のみ口にしていたが、一方のリツは手のひらを傷つけながらも硬い牡蠣殻をこじ開けて汁気たっぷりの身を啜《すす》りこみ、酢漬けに焼き浸しの差し入れ料理が尽きると生きのこの笠まで割って裂き、湯の出るバスルームもあることで岩風呂行きが有耶無耶となったことだけは密かな安堵の種となっていた。

「君って結局、何だかよくわからないのよね——芝居っ気があるようでもないのにあんな場所にいたし。何も考えずに流されているだけだと思ったけど」

珍しく機嫌が安定した夜更け、リツはそのようなことをぽつぽつと喋った。サイドランプのみ暗く灯した室内でスフィンクスのように寝そべる女の姿は異様に巨《おお》きなものに感じられ、牡蠣殻はここにも汁を零して散乱しているのだった。

「何だか嘘くさいけど、ほんとに結婚してるの」

「契約書にサインした」Qも疲れて眠りかけながら、「指輪を外すことは契約違反になるらしいよ」

「相手の顔も覚えていないとか、平気で言い出しそうだね君は」

「妹たちとそっくりでまるで見分けがつかない。公演のチケットを大量購入してくれる客だったんだよ、さいしょは。あれから電話があって——そのうち皆を引き連れてここへ来ると言ってた、そう言えば」

「無駄足踏んでがっかりするかな。ふふ、きっと怒るよね」唇の端をリツは歪めて、

「君には他にも年上の相手がいると聞いたことがあるよ。いつだったか、どこで聞いたんだか」

「姉がひとりいて、路面電車の運転士なんだよ」Qは言った。「外回りの電車は古い石橋を続けてふたつ渡る、途中で中洲を跨《また》ぐから。そのとき河口の方角が見えるけど、海は見えないんだ。干拓で閉じた淡水湖の向こうに山があって、海はその外だから——そう言えば電話もしていないし、姉は心配しているだろうか」

喋りつづけるQの変色した薬指を刃先でなぞりながら、「——それでもあたしを捨てることはできないんだからね。ひとりで逃げ出すようなことをしたら、どうなるか見ているといいんだわ」

カーテンのない窓の外は現実感を欠いた黒い夜で、嵌め殺しの二重ガラス越しに竜舌

蘭のぎざぎざの葉群があり、石柱だらけの摩滅したテラスと月影があった。音がする、と半ば眠りながらリツが呟き、瞼に隠れたその白目は密かに黄ばんでいたのだったが、何か重いものがひと晩じゅう外を這いずっているような、不穏な気配は夢うつつのQの耳にも届いていたようだった。

「夜明けにいなくなったけど、音は今までにも聞いていたような気がするよ。この窓のすぐ下も通っていった」

目覚めたQは真剣に主張し、しきりに皮膚を掻き毟《むし》るリツを連れて別階へ移動した。中庭向きでない部屋は館内に存在せず、どの階へ移動しても変わらず夜半の音は聞こえ、全室鍵もかからず人影も見ずフロントは別棟にあるらしいホテルの不思議。

——ぜんぶ投げ出してひとりで逃げようか。

相変わらずQの脳裏に閃くのはそのことで、しかしリツの体調悪化は今や明白なのだった。顔や手のひらは不気味な黄色に染まり、胃液を吐いてはしきりにだるさを訴え、

「戻ってこなかったら後悔することになるからね」——最後に見たのは必死のその形相で、つまりQは観念してサワを呼びに行く途中でトワダに出くわしたのだったが、もはや元の部屋にも戻れない迷子ぶり。別の一室では小さいコンソールテーブルで誰か書きものをした形跡があり、散らかるメモは判読不能の蚯蚓がのたくる筆跡。それでも嵌め殺しでないテラス窓があり、押すとたちまち晩秋の山気に満ちた風が溢れ、思いがけず

薄日が射す石床のテラスへ出た。竜舌蘭の大鉢が点々あるだけの正十角形階の様子をざっと見渡してから――そもそも音がする問題の場所ではあったし、加えて掃除老人一行は剣呑な集団としか思えなかった――そして恐るおそる進んでいくQの眼前に、ついにこれと出逢う中心空洞部の眺めが生じた。室内からはほぼ見通せなかったのだが、今は吹き抜けの手摺越しにざっと眺めて石柱回廊の上下七・八階ぶんか、あるいはもっとそれ以上。虚空の陽射しに風が混じり、眼下には当然のことに底へ向けて順次すぼまっていくダイナミックな中庭俯瞰図がある。

たまたま数階真下でもトワダの後頭部が小さく突き出ていたのだが、今はそれどころでなく、視界の最奥部でぬめぬめと温泉井戸へ這い込みつつある大蛇が実際にいるのだった。かなりの距離と日陰になった見えづらさがあったものの、このとき恐ごわQが目撃したのは全長のおよそ後ろ半分といったところ――特に色目のないぎざぎざの鱗模様入りの肌目の厭らしさ、いかにも栄養状態のよさそうなたわわな胴の太さが目に残り、尻尾も消えて気泡の底にすべて沈めば溢れる波に湯気の白さがあるばかり。

――

「だから雲海が見えるんでしょ。展望台は雷見物だけじゃなくて」

「柱が十本。どこかで見たことがあると思ったら、ここはあれだね、公園の階段井戸とおなじだね」

「あら何だか目が回る」

「奥様、部屋へご案内しますわ」

今日も迷い込んだ客を両側から支えて双子のメイドたちが去ると、強盗《がんどう》返しが行なわれるまでもなく扉のひとつが尋常に開き、ぞろぞろと女社長一行が視察にやって来るのだった。「湯の出が今ひとつ悪いねえ。源泉に問題はない筈だから、問題は配管ということだろうかね」

「街のダクト屋たちが大挙して移動してきましたが。あれをどうします」

宿帳を閉じて今日は口髭なし黒縁眼鏡のフロントが応えると、「どうもしないよ。ここらは昔から配管工の領分だからね。ぺらぺら鋼板のダクトなんてものは空調屋に任せておけばいいんだよ。阿呆臭い」

「それより生き餌が一匹逃げ出したそうじゃないの」研修旅行先で買い込んだらしい派手な花柄衣装の女社長は続けるのだったが、共布の鍔《つば》つき帽子まで重装備して、季節に合わないにも程があるのだった。「外へ逃げてはいない様子らしいね。厨房に見張りは」

「警備が怠慢らしいですが」

「あたしはすぐ次の予定があるからね。あとでラボの改装にも立会いなさいよ、あんたも」そして忙しげに左手首のフリルを掻き分けて、「また狂ってる。ここに来ると自動巻きが狂うんだよね。磁気のせいだか圧だか知らないけれど」

数人引き連れて女社長は嵐のように去っていき、男ばかりの秘書集団のひとりだけ用ありげにフロント前に残った。これは馴れ馴れしい様子になってカウンターに片肘をつくのだった。靴底に踏まれた色石モザイク十芒星は艶やかに全面展開してフロアの十の扉を鋭く指し、これらが日々密かに自転していたとしても判別できることはない。

「研修先で闘牛場併設の温泉施設が気に入ったんだよ、社長は」世間ばなしの口調で男前の秘書はゆるゆる喋った。「闘牛場というのは、あれは日向席と日陰席でチケットの値段が違うんだね。途中で日当たりが変わるのが中間のソル・イ・ソンブラ席」

「どれが高額なんですかね」フロント係、というより今日は着替えの時間がなかったのか白衣を椅子の背に掛け、眼鏡が学生風に見えるサワが言うと、

「さてね」秘書は薄笑いして、「返済計画の再計算書を見たよ。他所へ年季奉公に出るにしても、あとの課税がたいへんなことになるとはね。奨学金貧乏もいろいろたいへんだね」

「社長の肩代わりでさらに搾取されてますからね。できるだけ短期の予定だから、今後は麓の医院で日勤夜勤掛け持ちですよ」

「似た境遇の者は周りに多いんだよ、実際のところ」そして控えめな唸り声がつづく方向へときっと顔を向け、「言っておくが犬に話しかけたりしないよ。そんなことは金輪

際、絶対にしないからね。ああ、ここへ来ると耳鳴りがして頭痛がする。長時間いると鼻血でも噴きそうだ」

頭上で轟々と動揺する気配が降下してきているようで、室温も無視し難く上昇気味なのだった。——「眼鏡なしで上を見ないほうがいいですよ」「言われなくても見るものか」「このところ圧がよくないそうです、そう言ってます」「目が回る。今日のところは撤退だ」

駆け足で連絡通路を渡るうち次第次第に普通の足取りになっていき、やがて左右に別れるとラボ側の今日は通常営業で、ロビーでは噂のダクト屋集団らしい一行が警備員のキダと揉める様子があった。ちょうど館内放送で呼ばれてサワはそのまま事務所へ、犬だけためらってから今来た方向へ引き返していき、たまたま見ていたKの視界には消えていく長尾の後ろ姿のみ捕らえられていた。

「フキエの奴は。事故まで起こして。ええと聞こえてますか」

そのように事務所へ電話してきたのはむろんトワダであって、ただしこの日はことさら雑音がひどく、サワの耳には断片的にしか聞こえていなかったものと推測される。というのは、たまたま両人ともこの直後の身の上に関して激変があるためなのだったが、ともあれその折のトワダの断片的な発言はおよそこのようなものだった。——「軽トラは押収——ええとね、もしもし。足がなくて」「おれ、いま奥山頂にいるんですよ。終われればラボへ」「でもここは何というか、とにかく物凄いことに——」

そして徐々に接続が回復するらしく、「——でね、大蛇見ましたよ大蛇。でかくて太いのが井戸へ這い込んでいって、凄いのなんの。それでQはどうしてます、ずっとあのホテルに泊まっているのかな」

「事故と言うのは何のことですかね。軽トラが何か」

トローチを噛み砕きながらやや不明瞭にサワは言い、このところ声嗄れの悪化に悩んでいたのは確かながら、何より不快な話題を避けたことは明らかだった。

「——の奴がひとを撥ねたんですよ」雑音混じりでもトワダの声は憤然としていた。

「相手は軽傷だったのが幸いで。で、あの手癖の悪い奴はそっちへ戻ってますかね」

「え、誰が誰を撥ねたんですって」

フキエが籤売りを、と遠い返答があったときようやく衝撃が届いた。

中腰になってサワが振り向くとホテルサイドの出入り口が何故かすぐ目のまえにあった。というのも妙な話だったが、大きめの戸口いっぱい早くも白煙が漂って、その奥からいかにも高温高粘度の大量の汚泥と見えるものがゆるゆる押し出されてくるところ、という信じ難い光景がそこにあり、要するについにやってしまったかと考えるしかないのだった。たちまち目も霞むような硫黄臭があたりに充満し、ちろちろ燃える汚泥は事務所の床へと着実に裾野を広げつつある上に重苦しい揺れまで続き、取りあえず受話器を投げてサワが方向転換するとちょうどそこにドアがあった。よろけながら開け放すと何やらあまり見覚えのない通路が先へと続き、遠い突き当たりのドアまでさらに走ったものの、妙に静かなこの場に至ってようやく迷いが生じた。最前の正体不明の汚泥はいったい何だったのか、あるいは危害をともなう霊的物質の類いだったのではないかという気がしてならず、そしてろくに前も見ずにドアを引き開けた途端――真っ向からの陽射しがまず感じられたのだったが――これまた何とも妙な場所へ迷い込んでしまったことがわかった。

「あら」

「まあ」

頭髪のない丸い頭の女たちがテーブルを囲んで手札のやり取りをする最中らしく、全員そろって顔だけこちらへ向けてきた。日当り抜群のその場は温室並みに暖かく、植物などもよく繁ったどこかのログハウスの屋内であるように見え、何より窓外いっぱいひろびろ輝く海の眺めがあり、さらには険しい沿岸部や点々と滑空するらしい小さな人影まで見えているのだったが、しかしこれらのことは本筋にはほぼ関係がない。

「おやまあ、裏返った札がこんなところへやって来たわねえ」

「よりによってこんなところにねえ」

「ちょっとこれはね、只では帰せないのではないかしら」

「まあそこはじっくり、相談のうえで」

勝手に話が進む様子を当の本人がどのように感じていたのか不明ながら、内心もっとも気にかけていたのはただ一点、犬の所在と無事であったことだけは確かなようだった。

（偽）燈火

時に稲光りが射して大蛇の影絵が生じるという問題の正十角形フロント階であるのだが、見た目の印象となるのはあくまでもフロア中央部の歯車状色石モザイクであって、これは黒丸を中心に十方向へ黒三角を放射するという極度なぎざぎざの存在感でもって他の何より抜きん出ている。ここに発生する回転力によりフロア全体が地道に自転しているると考えるべきなのだが、同時に上下運動が行なわれている節もあり、停止する階によっては中央に井戸が出現して円錐帽の女が現われるやら、また別の階層では轟々と燃え盛るものの本体が実際に上方から降下してくることもある。このとき空洞内に生じる熱風により各階十方向の緞帳《どんちよう》及びカーテン類は乱れに乱れ、そして耳障りな圧縮音やら真っ白な燃え崩れ感やらを伴いつつ降下してくるのは要するに巨大な光球であるのだが、これらの事象はすべてQの存在する側にのみ存在し、Kの側には存在しない。Kの側に常に存在するのは路面電車が通過する石橋や中洲のバラック群であって、この二者は二様に贖《あがな》いを必要とすることで共通する。口辺に火傷跡のある犬のみ両側を自在に行き来するが、これも贖う罪がある。奥山頂を越えて避難民の群れが続々押し寄せてくる世界も出現しつつ、混在する別世界ではごく平穏に花電車見物が計画される。岩風呂は雲海のなかに孤立しつつ場所を変えて浮遊する。

雲海

――見覚えのある金網入りの温泉卵を目にしたときに予感はあり、それが何かの暗示であるような、妙な気当たりがした。ともあれそこは品揃えを大幅に改変した様子のあるラボの売店で、奥で忙しげにレジ番を務めるのはいつぞやの中年女職員に他ならず、やがて列が進みKが抱えた食料品を渡すと相手は尋常に受け取って、一心に金額を打ち込んでいる。――「犬の具合はどうですかね」「ええ、ええまあお蔭さまで、どうにか」「あれからミツに会いましたか。市電の運転士の。公営浴場の地下で卵を注文していたでしょう」

すると鋭く目だけ動かしてKを見たが反応は特になく、「それがねえ、栽培工場のお友達に混ぜてもらってここへ来たんですけどね。売り子さんがいないとかであたしもつい。黙って見ていられない性分で」

袋ふたつに分けてと頼んだ買い物はそれで終わり、後ろの長い行列もあることでKは売店を離れ、避難者でごった返すロビーをよろけ気味に進んだ。何よりまともに伸ばせないほど腰が痛み、売店の女職員はKを識別できなかったのだが、そこまで老け込んだかと我ながら思わなくもないのだった。

「最上階を独占しているのは女の子ばかりの一行だよ。ああ、こんなことを言ってはいかんのだがねえ。社長が行ってしまったのをいいことに、と思うとついつい口がねえ」――どこでも暴言を吐いて回るので人目に立っている警備員が相変わらずの言動を見せており、ホテルサイドまでようよう戻ったものの食料調達を頼まれた肝心の相手はどこにもいない。混雑する通路ぎわのソファーで眠っている綿入りジャケツの小娘はそのままなので袋のひとつを置き、見渡しても片腕を布で吊ったそれらしい姿はどこにも見当たらず、「あの変な奴を探してるの」「どうも気の毒でね」――目だけ開いた小娘へKは言ったが、何やら妙な相手と関わったことよりも数日来のこの状況の訳のわからなさ、そしてセツ一行と揉めている現状のほうがずっと問題なのだった。

「揺れてる、また揺れてるよここ」

「地下のボイラーか何かが不調なんだそうだよ。皆そう言っている」

「だったら、姐さんたちが仕事をしないせいだ」配給の毛布を掻き寄せながら小娘は主張するのだった。「誰かが話してたけど、街では公会堂の地下プールで底穴から妙な振動が起きてるって。泡が立ってるそうだし、ダクトの補修をずっとやっていないせいだよ」

このところしきりに眠たがる小娘はリと名のり、リツかリィかと何度聞き直してもリッ、と舌先で弾いて丸めるように発音した。どうにも呼びづらいまま名無しの小娘状態となっているのだったが、「あんたらダクト屋仲間なのかね」床に直接陣取ったひとりが厭な目つきで問いかけてきて、Kと小娘を見比べたのちにふたつの買い物袋をじっと見つめるのだった。そろそろこの場所も移動するべきかとKが思ううち、この日も人ごみからセツ一党の数人が現われ不穏な雰囲気で近寄ってきた。

珍しく男ばかりの面子で「兄さん」と会釈して、いきなり小娘を抱え上げようとする、抵抗して小娘は暴れだすという急展開となり、結果として両腕両足できつくしがみ付かれたKはソファーへ尻餅をついた。「厭だ、姐さんと直接話をするんでなきゃ。いちど姿が見えたと思ったのに、あれきりどこかへ」「兄さんの邪魔をするんじゃないよ。街へ帰るひとなんだから」

揉める弾みにKの懐から薄汚れた封筒が落ち、開いた糊口からはさらに小汚い中身が床へばらけるのだったが、待たれていたセツの登場およびその演説はそろそろこのあたりのことになる。

――

疲労の溜まるKの視線の先ではさらに疲弊した表情の顔が無数の泡のように湧いては流れ過ぎ、その只中を掻き分け掻き分け診療室の中年女医が鼻息荒く通り過ぎていく。と思うと相手は急に引き返し、「この子はいつからこうなの」――詰問口調で言いながら小娘の額に手を当てKの顔を覗き込む、という小さな展開も先の時点であったのだが、この件はしばらく後のKが犯罪者として糾弾を受ける展開とともにここでは一旦留保される。

「――そして私のほうは反対に、まるで目が覚めたかのようでした」

喫茶室の窓際席でもの静かに語りだすのはアンサンブルの喪服姿、黒サングラスの女であって、事態がここまで来れば女たちもそれぞれの場所で勝手に喋りだすらしいのだった。――「手の施しようもないまま看取りは数日に及び、昼も夜もなくただ傍らにいるだけの私だったのですが、そうして皺だらけで縮かんだじしんの手の甲を不思議に思いながら眺め、すると少し皺が伸びるのがわかりました。じっと見るうちに、蛇腹状の皺がそれ自体生きているように勝手に動き、平らになって伸びていくのです。関節なども動いて、少し背が伸びたかのよう――というより、元の状態に戻っていったと言うべきなのですが」

フォーマルな服装のためか当人はやや年齢不詳気味ながら、さほど若くないことは充分見て取れる。傍らに中型雑種犬を一匹連れていて、こちらは何やら恨めしげな上目遣いの態度、元気なくひたすら消沈する様子なのだった。

「看取った相手は重い外傷に加えて、おそらく内臓損傷。じきに意識も混濁し昏睡状態となりましたが、それでも若い心臓はそう簡単に止まるものではないのです。確かに簡単には止まらない、そのようなことをそれまで私は何も知らなかった。――変形まで重ねた旧型昇降機は落ちるべくして落ちたので、約束の屋上世界での落ち合い場所を利用することももう二度とないのでした。ネズミと私が呼んだ子は、結局のところ身元も名も分からず仕舞い。もともと名などなかったのかもしれません。迷惑がられながら近隣の手助けで運び出したものの、医者など呼べる身分でも状況でもありませんでしたので」

そのようにして女はさらに喋り続け、よく見ればその対面の席は無人であるようなのだったが、ともあれ話の内容について大男のトワダに理解できるのはほんの一部分だけ。薄々感じられるのは、問屋街で出会った二人連れの片方が今のこの相手なのだろうということで、ただし犬連れでここへ来た理由については妙な引っかかり具合で耳に残っていた。「――父と若い継母《はは》は赤ん坊の世話がありますので。私の妹はまだ幼いのですよ」「あら、姉さまの子どもはすごい速さで育っているのよ」「今朝見たらテラスで這っていたわよ。あの様子では走り回るのも近いわね」別席ではテニス着の少女たちもまた活発に喋り、身動きするたびトワダの首輪も乱暴に引っ張られるのだが、するとテーブル下のちょうど対面にいる犬が何とも迷惑そうに顔を背けるのだった。「雷見物は済ませたけれど、訪れてみたい場所はまだいろいろあるわよね」「あたしたちずっとテニスコートにいたのよね」「そうよね、だいたいは。運転手がいればよかったのに」

「それで、若奥様は今どちらに。このような独り言が許されるものでしたら」

黒サングラスの女が言い、そら来た怖いぞとトワダは内心考えた。――劇団で噂になっていたQの仕送り先のこと、問屋街で一瞬だけ会話を交わした折のQからの手紙の件など、直感だけであれこれ結びつけているのだが、ともあれ奥山頂で掃除会と別れてからの一身上の変遷すらついつい忘れてしまう興味深さなのだった。

「中庭の井戸へ大蛇が這い込んでいくのを見ましたがね」

口を開いてトワダが言うと、その場の全員がこちらを見た。「――それはどうでもいいとして、何しろ奥山頂での驚くべき見聞を経た今となっては、取るに足りないことのように思われますのでね。それより肝心のQの奴は。何だか居場所が知れないようだけど、どうして早く探さないのかと。相方のおれとしては、捜索にはもちろん喜んで協力するつもりですよ。某所で奴を目撃した情報だって役に立つだろうし」

「おや、何だか煩い犬だらけだわね」と急に口を出してくる者がいて、「あたしの息子などはね、行方不明のじぶんの犬を探しに行ってそれっきり」

今来たばかりらしい中年女医は診察着の袖を片方ずつ捲《まく》り上げ、こちらも勝手に喋りながらシート席の前へ回ってくるのだった。そしてじぶんの喉仏部分に触れ、発声の具合を確かめるような素振りがあったが見咎める者は誰もいない。「それにしてもこの階まで巡回して来ると、まるで別世界のようだわね――息子は戻ってくる気があるのやらないのやら。借金返済の件だってあるし、仕方なくあたしがここへ来てみればこんなことに」

そのとき大窓の明るさが大幅に遮られ、逆光の混淆《こんこう》となったロープウェイのゴンドラが窓外ほぼすれすれに一台出現し、重々しく下方へたわむ動きで通過していった。急に音をたてて運転を再開したらしく、そうなると続けざまに出現する物影に怯えきった雑種犬がおんと吠え、威嚇と見なしたトワダもぼうと受けて立ち、「耳と鼻筋に喧嘩傷がある。これは厳しく躾《しつ》けなければ」と横手から女医による冷静な指摘を受けるのだった。実は回転式展望室であったらしいフロア全体も大きく軋むように回転を始め、窓の景観は奥山頂側からさらに眩《まばゆ》く陽射しの強い雲海側へ――、この日は珍しくどこまでも晴れ渡った青空で、ガラス越しの白い太陽は外気温の低さを示しつつハレーションを起こさんばかり。そして次々と山あいの雲海めがけて沈んでいくゴンドラの列は何故か下り方向の一列のみ、循環式の上りの一列はどこにあるともわからない。

「それで姉さまはどこ」

「もう初冬だわね、この空は」

煙草のパッケージにねじ込んだライターを取り出し、すでに一本咥《くわ》えた女医は痩せて力強い指で着火ボタンを押し、再び押した。


——————


「これほどの自由があるとは思わなかった。何でも買えるしどこへでも行ける。もはや誰からも支配されることはない」

揉める小集団の只なかで、艶やかな張りのある声がそのように言い放った。「——今さら籤のことを言うなら言いますが、二枚の籤から大当たりを引き当てたのはあたしです。封を剝がして貼り直した痕もあった。妙に顔いろを窺う様子から見ても、ひとりで逃げるつもりで迷ったのか、あるいは機会を逸して逃げ損ねたのだろうと最初から気づいていたんです。でもそんなことはもはやどうでもいい。兄さん、あたしはまだこの先へ進んでいこうと思うんですよ」

宣言はさらに続き、揉める様子もさらに続くのだったが、しかしその有り様を横目で見やりつつ、黄色いロープで封鎖されたホテルフロントのさらに奥手へひっそり退いていく、これは白襟にペールグレーの簡素なメイド服を着用した謎の人物――ただし双子でなくまったく別人のひとりだけ。「ヘッドドレスつきの黒と白レースの一張羅は取っておき。というか、あの一着ならあたしが戦利品として頂戴しておいたのよね。隠し場所は内緒の秘密」――ひとりで喋るのが癖になっているらしく、どう見てもクロークを臨時使用しているとしか見えないごたごたのバックヤードを前屈みになって進み、大量のコート類が吊るされた並びの片隅へ、そして物影の抜け穴めく下壁の蓋を外すのだった。後ろ向きにごそごそ這い込み狭苦しい段を延々降りていく、とやがて確かに秘密部屋らしい狭い場所へ出た。小さめの照明がひとつ灯り、壁に架かった豪華なメイド服の他に幟や小太鼓、何かの標本を封じたホルマリン瓶等、主に身につけるものが多いので着替え部屋のようにも見えるのだが、床の上げ蓋を動かすと隠し通路はさらに続いた。「あたしは混乱を招く者。あるいは災いを望む者」――グレーのメイド服の人物、すなわち以前はフキエと名乗り、劇団の女予言者でもあった者は満足げに嘯《うそぶ》くのだったが、ただし地下もここまで来ると床も壁も勝手な運動を行なうらしく、すばやく飛び移ったり一歩下がってタイミングを待ったり――複雑な前進の目的地は行く手の薄明るい空間の奥にあった。

手摺つきの回廊部から見下ろせば犬は確かに底にいて、瓦礫だらけの十角フロアは地中深い位置まで落ち込んで出口がない。残飯の包みを投げ落とすと犬は静かに振り仰ぐのだったが、底部分の中央には何故か石の井戸があり、どこかずっと上方には轟々と何かが燃え盛る気配の微かな反響が感じられる。——ただし空間を深く覗き込む本人は慢心のあまり、背後の注意が疎かであったには違いなかった。

「たかが犬風情、こうなっては生かすも殺すもあたしの一存。巧みに落として逃げられなくしてやったのもあたしの仕わざ。何かの材料にと思って今日まで来たけれど、さてどうしたものかねえ」

口に出して考えるその背中はまったく無防備に曝《さら》されていて、たとえば指を広げて近づくふたつの掌、あるいは大きく這い寄るうねり等、何であれ甘んじて受け入れる運命であるらしいのだった。

復路I

二匹の犬の接近と擦れ違いがあったのはこのあたりの時点のことで、人でいっぱいの自販機つき休憩所付近にごたごたした物置き場があり、空き箱等の隙間に小型犬の禿げ散らかした背中が潜んでいる。そこへ黒サングラスに喪服姿の女がじぶんの犬を従えて通りかかり、すると元気のなかった雑種犬が急にぴんと耳を立てるが、その対象は休憩コーナーで自堕落に喋っている者たちのひとりなのだった。

「これだけ時間がたてば中毒の毒もすっかり抜ける頃あいだろうからなあ。街へ戻って商売を再開するにしても、以前の客たちは堅気になって、もう戻らないかもしれんよなあ」

宵の口から発泡酒の空き缶を並べ、すっかり出来上がった様子の煙草店店主は駆け寄る犬にようやく気づき、「おや、お前も避難してきた口なのか。駄犬にしては上出来な奴だなあ」——そして適当に頭を叩いて雑談に戻るのだったが、犬はすっかり満足して足元の狭い隙間へ潜り込み、二度と動かない構えでその場に落ち着くのだった。

そしてそこからさほど遠くない場所で、「リ」と小さく呼んで小娘を手招きするのは革コートを着込んだセツに他ならず、しかしそれはほんとうの名ではなく、実名はあまりに発音が難しいため本人ですら名乗るのがためらわれるのだった。——煙草店店主に声もかけず、顔を背けて立ち去る様子の喪服の女とはここでやはり擦れ違いになっている。

「セツ姐さん」

「おまえもねえ、つきあいは大概にして、じぶんのことを考えたほうがいいね。あたしもお大尽遊びは打ち止めにして、そろそろひとりに戻るつもりだし」

先ほどの演説とは打って変わって、ダクト屋時代の喋りかたに戻っていた。「じゃあやっぱり、大当たりを使い切ったんだ。街へ戻るの、姐さん」

「じぶんに必要なだけは取り除けてあるよ」セツは苦笑して、「ピアスはもう充分。石が成長するとかいう話もあったけど、確かに少しばかり重くてね。街にはたぶん戻らない、別のところへ行くつもり」

「あたしね、手洗いに行くつもりですごく変な場所に出たんだよ、つい今しがた」――そこから引き返す途中で小娘のリはセツに呼び止められた訳だったが、詳しい説明はあまりに難しいように思われた。「兄さんもやっぱりね、変な怪我人から買い物を頼まれて、その代金の代わりにいろいろ受け取ったんだ。あの籤と、それから花電車見物のための特別チケットもあったよ」

「あたしが行った岩風呂は、狭くて熱い泥が沸いている場所だったよ。もう行くけど、いっしょにどう」

「――あとで診療室へ来るように言われてるんだ」

ざわつく周囲の人波を縫ってテニス着の少女がひとり軽やかな足取りで通り過ぎていき、エレベーター口で呼出ボタンを押すと開いたドアの奥へ消えるが、周辺の雑踏は不自然なほど誰ひとり目をやる者もない。壁の表示は下階行き専用であるらしく、昇降ランプは着実に流れるように一方向へ動いていき、しかし実際にはそれほど単純な経路を辿ったとは限らない。

「浴場はどこも自由に開放されているので、掃除三昧の毎日でもこうしてさっぱりと過ごさせてもらっているのですよ」

かなりの人数の老人たちは慎ましげにそのように話し、地階暗がりの床に多数の掃除道具を置き並べ、休憩中らしく寛ぐ様子はこちらが掃除会本流派の面々なのだった。

「奥山頂のさらに向こうへ進んでいった者たちは急進派と申しますのか、我々とはかなり方向性の異なる者たちでして。徹底した清掃こそが世界を正す——確かにそれが会の基本理念でありますものの、妙に律儀に文字通り解釈していると申しますのか。そして奥山頂という場所、あれは遠目でも見てわかるとおり、山のかたちが変わるほどの大規模な塵芥処理場となっていると聞き及びます。その場へ実際に赴いた折にはさぞや思うところがあったものと推測されますが、連絡も絶えた今となっては行方も知れません」

「でもケーブル駅があるんじゃなかったですか」と口を挟む者がいて、「ロープウェイは廃線となって、でも古くからのケーブル線が山頂から隣の市へ下っているとか」

「今はすっかり難民列車になっているという噂ですね」

「いやいや、それだけでなく一時は山の全体が黒くなって動いて見えたほどで。岩風呂から見たときは確かにそうでしたよ」

そのようにひとしきり四方山ばなしに耽ったのち、弁当殻を片付けると思いがけず老人たちは引き上げを宣言した。「われわれは街の公園のほうから数日かけて参ったのですが、兵糧も尽きかけてそろそろ潮時かと」「はばかりも裏手にございます。きれいにお使い下さいませね」

言いながら綱の端らしいものを床から拾い上げ、闇の奥手へ続いていくそれは街までの道標であるらしく、端から丸めて手繰りつつ掃除老人たちは三々五々と去っていった。久びさに噴水池を見に行くのが楽しみだと語る声も遠くに聞こえ、分けてもらった卵の包みを片手に佇むQの背後にはほぼ存在感というものがないエレベーター口がある。折しも場違いに軽快な到着音があり、「あら姉さまはどこ」人工的な白色光の流出と共に踏み出してきた少女は左右を見回した。「この階にいると聞いたのに」

ピンクと白の新品のテニスシューズは暗がりで仰々しいほどよく目立ち、上階ロビーを通った折にもそれは熱のある小娘の視界に入り、汚いズック靴の足元を自然と縮こまらせたのだった。

時刻は午後ももう遅く、追われるKが地上でさいごに見た窓外の景色は早くも冠雪した奥山頂夕景ということになる。あかあか斜陽の不思議な暖色に染まり、特徴的に稜線が抉《えぐ》れた遠い巨体はそのときまるで夢の物質でできていたかのよう。そこだけ明るく浮き出して、どう見てもそれはいつか夢で見た光景のようだった。

復路Ⅱ

「あれがシブレ山。裏の半面は採石場になっているそうだね」

誰か観光客同士で指差しながら話しているのだったが、風力発電の風車さながらに吠える鉄塔アーム部がすぐ頭上にあるのでは当然その声も聞き取り難い。「——強固なトラス構造のアームがしなったり唸ったりする筈はない。おそらく索道の無理な修正をしている最中なのだろうね、麓駅を越えて直接街へ降りる計画もあるというし」口には出さずそのように考えながら、目で探し物をしているのは忙しい中年女医で、あちこち幾つもある筈の縄つきバケツがどこにも見当たらないのだった。——そして妙な場所を通ったのは単なる偶然で、高層階のこの場に限って非公式のロープウェイ立ち寄り乗降場なるものが実際に存在するのだった。構造的にはまさに外壁の非常口そっくり、人がふたりやっと立てるほどの屋外部分には係員まで常駐するようで、確かにばさばさ強風に煽られまくるビニール合羽と作業帽の姿が窓外に一部分だけ見えている。が、女医は目もくれずに縄と空バケツを拾い上げ、すると汚いメモ用紙が中からこぼれ出た。

「イッカ、クッテヤル。こんなのばっかり」――一瞥して、露骨に厭そうな顔をしたものの、それでもさらに十分ほどの時間をかけて粛々と屋内移動を続け、本来の目的地まで戻ってみれば事態は急変しているのだった。

以前の正十角フロア部はますます崩落し、中央に何故か出現している石井戸はそのままながら、明らかに問題の大蛇がこの場で粗暴なふるまいに及んだとしか思えない惨状となっている。「ミツン」鋭く呼ぶと、はるか底近くの不安定な足場で無事にいた犬がこちらを見上げ、これはするすると下りてくる救助のバケツを待ち侘びる風情。ただしわずかに距離が足りず、指示して誘導しながらようやく犬の全体重を支える体勢まで持ち込んだものの、中年女の腕力ではそこから先に無理があった。

「ここ、もうすぐ崩れますよ」

すでに一部崩れ始めている回廊部からQが声をかけてきたが、しかしすぐには手を貸さないのだった。「妻たちがすぐそこにいるんです。ひとりは卵を産んで、ひとりは食中毒か肝炎だと思う。もうひとりくらい来るかも。大蛇は誰かひとり呑んだあとで井戸に入りました。まだそのあたりにいて、街へ降りる正しい時を待っているのではないのかな。きっとそうだと思う」

頭上に轟々と燃え盛るものの気配は相変わらずで、すると瓦礫だらけの十角フロア部が明らかに沈下し始め、井戸からは三角帽の女の上半身が一瞬だけ飛び出て引っ込むのだった。がらがらと崩落の音、下方の回廊部に大蛇の影が射し、別方面では喪服の女もろとも大量の瓦礫がどこかへ落下していく一部始終が芝居の挿入場面のように差し挟まれている。

「今すぐ手を貸しなさい。相手が誰でも診察するから」女医が叫ぶとQは左手を庇いながら近づいてきたものの、いかにも煮え切らない態度で、身動きできない相手の窮状をぼんやり観察する様子があった。階下で崩壊する柱があって、いきなり陥没傾斜していく足場もろともふたりはぶつかりあい、先にすべったQが咄嗟に縄を摑んだことが幾つかの事態をまねいた。片手でほぼ宙吊り状態となったQと顔を突合せる状態の女医がいて、しかし投げ出された犬は仰向けに回転しつつ、暗い虚空をどこまでも遠ざかっていく様子。

「この犬殺し」

歯を剝き激怒の形相となった相手の顔を一瞬だけQはまざまざ見上げ、白目に星があるのだなとふと思い、そのころ地下深くの真っ暗な水路では先へ先へとすでに驀進《ばくしん》中である大蛇の存在があった。昔は王冠だったという真っ赤な鶏冠状肉塊も前肢も今はあちらへぶつかりこちらにぶつかり、意外な脆さでぼろぼろもげ落ちていくのだが、それでもひたすら先へ、街のもっとも深部へ繫がるダクト分岐へと着実に合流していきつつあった。

「――あたしの犬がどこにもいない。知りませんかね」

そして売店女職員はいきなりそのように詰問したのだったが、場所は地上の自販機コーナー休憩所。煙草店主人たちはどこかへ移動したあとらしく、床やテーブルに大量の空き缶があるばかり。Kたちはちょうど空いた席があるのを幸いに荷物を運びこみ、仮の根城に納まったところであって、そこへいかにも不安と焦燥にかられた様子の女職員が通りかかったのだった。

露骨に苛立つ様子に思わずKが物影の犬の背を示すと、

「あっここにいた。ああ、死んでいる」――駆け寄った女職員はかん高く大声で叫び、いきなり手放しの号泣を始めた。

「ああ、ああ、目も開いたままで、捧きれか何かみたいにかちこちに硬くなっているよ。あたしが知らないうちに、誰にも知られずに何時間もまえからとうに死んでいたんだ」

泣き叫びながら、女職員は透明な液で濡れそぼった小さなむくろを揺さぶるのだった。

「こんな狭くて汚いところへ必死に這い込んで、ひとりぼっちのままで動けなくなって。ずっと病気だったけれど、薬は多めに飲ませていたけれど、まさかほんとうに死ぬなんて」

「何をじろじろ見てるのさ」と、急に矛先がこちらへ向いたのでKはたじろいだ。涙でてらてら光る顔は赤く充血した目で真っ向からKを睨み、これもまた紛れもない憤怒と憎悪の形相になっていた。

「あんたね、子どもみたいな若い女の子をずっと連れ回しているようだけど、いったいどういうことなのかね。いい歳をした年寄りが、ああいやだいやだ。ずっと身の毛もよだつ思いでいたんだよ。ホテル側のロビーでこの子といっしょにいるところだって何度も見たからね」

「ずっと噂になっていたよな。不審者がいると」

誰かが口を挟むと同調する者が意外に多く、身も世もなく泣き続ける女職員を中心に不穏な形勢が広がっていた。そしてKを庇おうとするリが何故か突き飛ばされ、寄ってたかって荷物まで漁られだすと誘拐犯呼ばわりの暴走は留めようもなく、結局のところ外壁のロープウェイ臨時立ち寄り場へようよう辿り着くまでKもまた相応の暴力に曝されていたのだった。

「兄さんもいっしょに」吹き上げる強風のなか、青く発光する四人乗りゴンドラへ押し込まれながらリは懇願したが、腰の命綱で足場の手摺に固定された係員はKを押し戻した。「駄目だね、万能のチケットが通用するのはいつでもひとりだけだ」

扉を閉じて係員は思い切りゴンドラを蹴り、ふらふらと発着場を離れたリのゴンドラは宵闇迫る雲海へと沈んでいく一列の青い発光体のなかへとたちまち紛れた。流血のために視界が曇っていたKが辛うじて見送ったのはそこまでで、手探りで屋内へ戻ればあとは暗さが増すばかり。無闇に両手を泳がせながらどこまでも進むうちに行き止まりを探り当て、するとその部分はざらつく紙でできているような、何とも心もとない手ごたえを持っていた。黴《かび》臭いような匂いもどこかに感じられ、引き手らしいものに指をかけ横向きに動かしてみると、それはがたがたと建てつけの悪い紙襖であることがわかった。

復路Ⅲ

ちょうどKが黴臭い暗がりで手探りしている頃のこと。

つねに問題となっていたシビレ山の大蛇なのだったが、こちらも真っ暗闇の長距離ダクト内をフルスピードで通過する際には相当に狭いところも通り抜け、あちこち接触や衝突もした筈なので、邪魔な鶏冠と前肢についてはやはりその折に失われたとみなすのが順当であるようだった。街の地下公営温水プール水底の〈底穴〉からいきなり猛スピードで出現した時点で、肌身に残されためぼしい突起物は鮮やかなオレンジと緑の棘とげつきの耳鰭のみ。そして大量の気泡とともに明るい上方めざして驀進し、まずは柱の列のある地下空間へと激しく高く高く踊り出て、しかるのちに全水面を叩きつける勢いで大着水を果たした。――生きた爆弾さながらの大しぶきは優に上階観覧席の頂上まで届き、悲鳴や温水の大揺れやらコースロープのさんざんの大縺《もつ》れもそのままに、いったん大蛇はすうと姿を消したかに見えた。が、すぐさま水から這い出るや今度は一本の石柱へ絡みつき、上へ上へと肌もたわわに巻き締めたその果てに高だか虚空へ巨大な鎌首をもたげ、くわ、と牙ある大口を裂いた。

たまたま観覧席に居合わせた客は狂乱して逃げ惑い、手摺を越え次つぎ水面へ落下する者、水中深く沈みつつ折れ砕ける円柱群大崩壊の幻をまざまざ見る者、まさに破壊は源泉からやって来るとの予言そのまま、惨憺たる有り様ではあった。が、地下公営温水プールと大蛇との相性は意外にも良く、やがてこの場は美麗な鰭つきの大蛇とともに遊泳できる場所として密かな評判を得ることになる。立派な斑入りの石柱群は豊かな肌身の巨大爬虫類が巻きついてこそ真の美的完成度を得るとも評され、ただしその一方で、水中の掃除を受け持つ職員だけが不平を漏らすことになるのだったが――長い柄つきの網を持ってプールサイドを巡回するかれらの姿は水面に投影し、上下に増殖する――その証言によれば、当然のことながらちょくちょく一式そろった人骨を拾い集めることがあるというのだ。

そして時間を戻して離れた場所で、古襖を引き開けたKの側では。

Kの目前に出現したものは狭い畳敷きの部屋であり、六畳ほどのその場はどう見ても他人の家の一室、笠つきの電球が下がった侘しい茶の間であるようだった。その出現はKにとってはいたって衝撃的であり、靴を履いたままの足が無意識に敷居際で止まるのは当然のことではあった。

眼前はろくに畳が見えないほど雑然として、炬燵に倹しい仏壇に古箪笥《だんす》、丸めた夜具に蜜柑箱等々で溢れかえり、低い天井に剝げ染みだらけの建具類、擦りガラスの補修テープ、強力な既視感のあまりそのときKの曇った視界はますます暗く狭くなった。時刻は電灯の点った夜であるらしく、しんねり籠った酸っぱい他人の生活臭、しかし空気の肌触りは妙に気だるく生暖かく、まるで冬を飛び越えいきなり春先になったとでもいうような――部屋の続きに一段下がった暗い台所があり、奥手にぼんやり引き違いの窓障子が見えている。たしかその外にはしばしば増水する一級河川の河原があった筈《つま》、唐突にKは思い出していた。

たちまち脳内に溢れ出す光まばゆい映像があって、目から耳から真っ白い光線の束が外へ漏れだすようだった――日曝しの川床に長く伸びた中洲とそれを跨ぐ石橋、橋の下にはごたごたと建て込んだ灰いろのバラック群。ひかりの乱反射の眩さ、そして下流側の建物群の突端に小さな物干し場を突き出した家が見えた。のろのろと尻を振りながら石橋を渡っていく、玩具のように旧型の路面電車のイメージ。しかしこれは違う、どう考えても誰か他の者の記憶であって、あるいはじぶんの祖父か曽祖父あたりのそれではないのか——Kが混乱するうち、視界の笠つき電球が微妙に揺れていて、低い天井がはっきりと鳴り始めた。

騒音と重苦しい振動とともに頭上のどこかを通過していくのは軌道車輌の車輪であるに違いなく、と同時にどこからか呼びかけられたような気がした。

「——さん、あたしずっと待っていたのよ」

電車の音が遠のくと声は再びひそひそと話しかけてきて、ごくごく微量の恐怖、今は身に迫るように濃厚な夜の川の気配と中洲一帯のざわめく生活音が感じられ、退路はもはや存在しない。聞こえた声はどうもほんの稚《おさな》い少女のそれであるような——むかし夜の河原に傷み放題でぎしぎし軋む物干し場があって、出入り口の明るい窓障子がつねに閉じていたが、奥にはつまりこの六畳間と台所があったのか。ようやくKは心づき、今は呼ばれてここまで来たのだと無理なく納得されるのだった。

「ずっとここにいてね、お待ちしていたの」ほそぼそと平坦な調子で戸外の声は喋っていた。「あれから何度も増水したけれど、それはひどい泥水が来て何もかも浸かったけれど、火だけはこうして絶やさずにいたの。あたしいろいろ苦労したのよ、あなた何も知らなかったでしょう——七輪でね、時間がかかったけれど、お魚もちょうどうまく焼けました。そこのお膳におつけしましょうか」

奥の障子へ仄かな明るさが寄ってきて、

「でも熱くて。この手で持てませんの」

ざら、と耳障りな音が紙裏を撫でた。視界の全体はますます混濁して暗く、今にもぽっと青い鬼火が点りそうな、外はどうやら爛漫の春の良夜であるらしい。

燈火

そして泣きながら名無しの小娘が目覚めると雲海の濃度は幾分か薄まりつつあり、ガラス越しの夜の底に街の気配がうっすら透けて見えていた。

狭い座席でほんの短時間眠っていたようで、夜間乗り込んだ青い発光体であるところの小型ゴンドラは相変わらず前後一列のみぼんやり連なって陰気に降下を続けており、するとまったく唐突に、ふいに雲を抜けたのかひろびろ鮮明な夜景が立ち現われる感覚があって、今やすっかり満艦飾と化した全世界が鳴り響き発光する夜の街、夜の川——行く手に大きく蛇行する川には明るい橋が幾つも架かり、川面はどこもただ黒い。地平の縁あたりをゆっくり移動していく珍しいビーコン発信塔などもこの夜は観測され、照明中のビル群に埋もれた小模型のような城の天守や公園など、この目覚しい夜景のいったいどこへ降りるのか小娘は夢中になって青いガラスに額を押し付けるのだったが、直下に見下ろす街筋はただひかりの渦。

やがて先を行く青い列が順に消灯する様子が認められ、すると減速した自らのゴンドラもまた急激に下方へと沈み、次いであからさまな着地の衝撃があった。少しだけ荒っぽく引き摺られ、がっくり脱力した弾みで扉が開けばそこはどこかの屋上であるらしく——この場もやたら多人数の宴席となっているのだったが——小娘はそのまま人波に押され、ひどく混み合う内階段へ、祭りの宵の街路へと賑やかに繰り出すのだった。

「上から見たわ、電飾だらけの立派な電車が連なっていく通りを」高揚のままに声を張って叫ぶと、「ぼくたちこれからそこへ行くんだよ」応じる若々しい道連れたちは誰もが踊りの足拍子。「君は特別な乗車券を持っているんだね。一一五〇型なら、運転士が女なんだよ」

でもこれは夢。小娘は思うのだったが、妙に夜気のなまぬるい街区は幾つもの祭りの夜の記憶を塗り重ねたようで、しきりに視界へ降る紙吹雪、人ごみの頭越しにあかあかと光芒を放射する花電車もまた幻と呼ぶには巨大、確実に重たげなのだった。街路樹の枝々をへし折って一台の乗降口が開き、そして登れ登れと騒ぐ周囲の手に手に支えられ、無理やり押し上げられるように車内へ乗り込めば頭上に「圧よし」の声。ブレーキシリンダの圧が開放され、ノッチを刻んで力強く加速していく巨体はその眼差しの光芒でもって全方位を隈なく照射し、貪欲に喰らい尽くさんばかり。

「乗ってくるのは結局誰になるのか、あたしにもわからなかった。ここまでよく頑張ったね」

着実な振動と極端な明暗のなかで女運転士が話しかけてきた。半ば振り向いた顔は濃い影となって定かでなく、声は落ち着いた低音で、どこやら懐かしく慕わしく感じられるのだが何と応えるべきかわからず、

「姐さんあたし、靴をなくしたの」――やがて大人しく小娘は言った。

解説──深川浅景からコスモスの夢

金井美恵子

あざやかに思いうかぶのは、泉鏡花の描写する川面に橋上から潑溂と跳躍する少女の姿である。

深川の橋上と言うより、それは端的に言えば「本」の中で空を跳んで足もとのあやしい舟上に自在におりたった「娘《しんぞ》」の姿の描写なのだが、その姿をおのずと思い出させたのが、山尾悠子の〈実質的処女作〉である「夢の棲む街」を読んだ時の印象である。山尾悠子は、そう、次のように鮮かに登場したのではなかったか。

関東大震災から四年後、「案内者」と共に雨のふるなか、深川を訪れて散策する鏡花は「橋の上を、ぬほりとして大きな馬が、大八車《だいはちぐるま》を曳《ひ》きながら」通るのを見ていると、「ハッと思うほど、馬の腹とすれすれに、鞍《くら》から辷《すべ》った娘《しんぞ》が一人。……白地の浴衣に、友禅《ゆうぜん》の帯で、島田らしいのが、傘もささず、ひらりと顕《あら》われると、馬は隠れた、──何、池のへりの何《ど》の家《うち》か、その裏口から出たのが」橋の上を通る馬の姿と重なったのだが、娘は「中の暗い工場《こうば》の裏手の廂下《ひさしした》」を「白地をひらひらと蝶《ちょう》の袖で伝《つた》って」、友禅の帯が「真赤《まっか》に燃ゆる火」か、しなやかにつるを巻きつける凌霄《のうぜん》花かずらのように水に影を投げ、「娘がうしろ向きになって、やがて、工場《こうば》について曲る岸から——その奥にも堀が続いた——高瀬船《たかせぶね》の古いのが、斜《ななめ》に正面を切って、舳《へさき》を蝦蟇《がま》の如く、ゆらゆらと漕《こ》ぎ来《きた》り、半《なか》ば池の隅へ顕《あら》われると、後姿《うしろすがた》のままで、ポンと飛んで、娘は蓮葉《はすは》に、軽く船の上へ。」

えんえんと書き写したくなる誘惑にかられる文章（「深川浅景」『鏡花紀行文集』岩波文庫）の中で蝦蟇の如き舟上にひらりと落《お》りたった娘について鏡花は続けて書く。

「父《とっ》さんに甘えたか、小父《おじ》さんを迎えたか、兄哥《あにき》にからかったか、それは知らない。振向いて、うつくしく水の上で莞爾《にっこり》した唇《くちびる》は、雲に薄暗い池の中に、常夏《とこなつ》が一輪咲いたのである。」

通常の小説の描き方の空間意識とは異なるものとして『夢の棲む街／遠近法』という言葉は選ばれたのに違いないのだが、私としてはこの遠近法という言葉を「時間」をさすものとして使いたいのだ。なぜなら、おそらく「SF」と呼ばれるジャンルに対する、意味のない訳ではない軽侮まじりの違和感から読書の視野に入らずにいたせいで、「文學界」に載った「飛ぶ孔雀」（二〇一三年八月号、一四年一月号）から逆遠近法とでもいうべき順序で山尾悠子の小説を読むことになった読者としては、時間錯誤というか

「本」が読者をひきこむ逆遠近法を使用して「深川浅景」に描かれた現実の娘《しんぞ》なのか鏡花の筆による描写の夢が空に浮かびあがらせた花の精なのかは知らずこの文章こそが、初期作品選である文庫『増補　夢の遠近法』の、帯とか腰巻と呼ばれているうちにいつの間にか慣れてしまい淫猥さを忘れてしまっていたものの、鏡花と結びついてみれば、花や羽や翼と同義語でもあるのだし、女性的な布地である帯という場所に書かれるのにふさわしい賞讃の言葉だと思われるのだ。

ところで、飛ぶ孔雀、ときいて私たちはちょっとした違和感を覚えはしないだろうか。翼をひろげて空を飛んでいる孔雀の姿はなぜか想像しにくいのだ。孔雀は、三島由紀夫の短篇にしても、フェリーニの映画であれ、飛ぶのではなく、あの大仰で重そうな尾羽根をひろげて、その年のはじめての雪の降りはじめた白い世界にゆっくりと地面を歩いて登場するのではなかったか。もちろん、読む者や見る者の驚き（軽くはないはずのと作者たちは考えている）が期待されているのだが、独特なフワフワさをもつ飾り尾羽根が踊子たちの持つ大きな扇として使われる走る駝鳥ではないのだから、孔雀は飛ぶ。火の燃えがたくなった世界はすでにここにあって、当然、言葉で出来たフィクションの空間を作っているのだから、通常の鳥類のように「飛ぶ孔雀は飾り羽根を畳み、下から茶色の風切り羽根の列をあらわして烈しく飛翔する」一方、歌の翼だけではなく飛ぶ翼を持っているからには、空想の時空に「苛烈な羽音、艶やかな光沢のある青い首を低く伸ばし、闇の奥から不意をついてあらわれる」のだし、いずれにしても（というのは、フェリーニも三島も、という意味だが）孔雀は、そのようにして、祖先は恐竜や蛇と同じ爬虫類だった歴史的異形性をあからさまにするのだが、山尾悠子はつい文芸雑誌のSFになじみのない読者を少しばかり小馬鹿にしてか、説明過多気味に「その目は狂気であり凶器、異形の縁取りは血の赤」と書きくわえる。

飛ぶ孔雀という言葉を眼にして私が思い浮かべるのは、つややかな濃紺と輝しいラピスラズリが混り、首のところは薄い忘れなぐさ色と白色になって葉に隠れ枝に生《な》っている茄子である。電車通りから少し離れた庭のない町なかの家の物干し場のプランターに植えた茄子を、つい近くの料亭の庭で飼われている孔雀が飛んできて鋭い嘴で、一口ずつ齧りちらすのだと母親は言っていたし、隣の私より一まわり年上のお姉さんたちの家の小さな庭（ネズミの額ほどの、と彼女は言う）に植えた茄子も被害にあっているのだから、孔雀は茄子が好物なのかもしれない。洗濯物が干され、白いプラスチックのプランターに野菜や花（プチ・トマト、キウリ、白いタマスダレ、都忘れ）を植えたのが置いてある物干し台は、孔雀とはあまりにもミスマッチな感じがするのだが、みがいた宝石のようにつやつやと輝く巨大なバロック真珠の形の細長い茄子は、物干し台が別の世界につながっているのであれば、ラピスラズリの黄金をひそめてぴかぴか光るそれを孔雀は、競争相手の同種の孔雀の首だと思って、嚙みちぎったのかもしれない。

蝦蟆のような船に軽々と跳びおりた娘は、もちろん、自分の蝶か鳥のような妙技に満足して「うつくしく水の上で莞爾《にっこり》」したのだが、もし何か言葉を言ったのだとすれば、それは、後に文庫の『増補　夢の遠近法』の自作解説で、短篇「月齢」について書いた言葉であったはずだ。莞爾とするさわやかな娘の背後には、四年前の大震災の時「嘗《かつ》て満々《まんまん》と鱗浪《うろこなみ》を湛《たた》えた養魚場で、業火《ごうか》は水を焼き、魚を煙《けぶり》にしたのである。」という、現実の惨劇がたしかにあり、若き山尾悠子の小説には、酸鼻な結末が、書くという行為の欲望のままに、ためらいや羞恥心を小気味よくかなぐりすてて展開するのだった。

「たとえばここにはアナタガタハ少シモ私ニ似テイナイ、という若年の書き手の精一杯の主張があったりする訳である。」

後年の〈今〉から推しはかって口をついて出た言葉とはいえ、この昂然とした言いぐさが生意気に指さす「アナタガタ」とは何なのか（もしくは誰だれなのか）、あるいはたとえば「私ハ少シモアナタガタニ似テイナイ」という言い方とそれはどう違うのか。私ニ少シモ似テイナイアナタガタとは、私の小説について語る者たちであるようにも思えてくるというもので、もちろん「アナタガタ」は山尾悠子の小説にとって幾つも存在する誕生の地（影響とも引用とも呼ばれる）である本の空間の言葉の作者たちのことではない。

文章を書くことなど、「誰かが私に言ったのだ／世界は言葉でできていると」（「遠近法・補遺」）という言葉を追認することにすぎないではないか？

書く者たちは、当然のことながら書くよりもずっと多くのものを読んでいるので、読者である私たちは、何冊もの本、何人もの作者の言葉でできた世界の影を一冊の本の背後に見ることになる。

読んだ本の分量《かさ》ばかりを誇っているとしか見えない愚挙や、見当外れの本と結びつけてしまうことで、かえって作品世界をせばめるというあやまちを人は常におかしがちなのだが、たとえば、『山尾悠子作品集成』（国書刊行会）の懇切な解説者（石堂藍）は、山尾の『仮面物語』を石川淳の『狂風記』と比べて朝日新聞の文芸時評（一九八〇年三月二十五日夕刊）で評した井上ひさしの文章（「これは〈たましいの顔〉を彫る才能を持つ善助という若者の（略）転身の物語である」）を引用している。私見によればこの仮面を彫る男には、むしろ国枝史郎の『神州纐纈《こうけつ》城』の女の面作師月子のおもかげが浮かびあがるのであり、作中、体をきよめるために水を浴びる月子のおもかげは、むろんギリシア神話の水浴するダイアナに決っている。

幻想《それ》を眼に見える映像として実際に見たことがあるのかもしれないと、ヘルダーリンやネルヴァルのように思わせる詩人は存在するが、たいていの者たちはそうした狂気や幻想を「本」によって経験し、言葉の性格上、増殖する生命を生きることになるので、忘れかけていた記憶の水面下の柔らかな泥濘のような層から浮かびあがるものに読書の中で何度も出あうことになる。

もちろん、小説は華麗で詩的な狂気や幻想の言葉だけで出来ているわけではなく、そこにはささやかで日常的な、しかし、今では忘れられた物となった小さな道具が世界にうがたれた小さな穴のように登場して世界の豊かさをさしめすのである。

たとえば、『飛ぶ孔雀』の火のなくなった世界の「火種屋」である。幻想小説というジャンルのものとして語られがちなこの小説の中で、ごく普通の空間と時間の中で描写されているかのような調子で「角に自販機も置いている煙草屋」で持ち帰るための個別の容器に入れて火種を売っているのだが、それは、「木炭末に保温性のたかい茄子の茎の灰や桐の灰を混ぜ、通気孔の開いた金属容器内で燃焼させるカイロ、あるいは白金触媒式カイロのことを思い違いして」いるのではないかと言う者(むろん、七十歳以上の年よりであろう。私もそういった小さなカイロ類をはっきり覚えている)がいるころ、祖母たちの愛用していたという、茶道具入れの袋物のように凝った火種入れが描写されるかと思うまに、「妙な黒い犬が火を咥えて逃げ出す姿勢のまま静止していたりする」空間が折れ曲り、読者はあてどのない場所へ迷いこみ、たしか黒い妙な犬だったのに、いつのまにか、山頂の工場なのか研究所なのか、くわしいことはわからない施設の「宿舎棟にいる美しい犬」となって住んでいて、正体もさだかではない腕に傷をおった「Q」の散歩の申し出を遠慮がちに拒むというありさまである。

凝ったイメージと描写の断片は、誰もが良く知っている納得へと心地良く収斂される物語として語られるわけではないのだし、ユーモアなのか、それともそれが作者の強烈な嗜好である悪趣味なのか、にわかに決めかねる執拗なイメージの、腹八分という健康的なお行儀を無視した山尾的世界は、作者本人が語ろうとしても手古摺《てこず》るところがあるのかもしれない。自作解説で「眠れる美女」について書きながら、澁澤龍彦が幻想文学新人賞の講評の中で用いた「幾何学的精神」という言葉を引用し、わずか五枚の「眠れる美女」に見るべきものがあるとしたら「骨格となる（紛れもなく、コテコテの）幾何学的精神である、と密かに信じているのだがどうだろうか。」と書いているが、その書き出しの「世界の中心に平坦な大陸があり、その中心に白百合の花咲く台地があり、その中心には大理石の石壇とガラスの柩《ひつぎ》、なかに一人のうら若い美女が眠って」いるという状態は、フロベールとジョイス、ボルヘスを分析するM・フーコーの『幻想の図書館』の中で引用される『聖アントワーヌの誘惑』の隠者がかくれ住む場所の芝居のト書きめいた説明「とある山の頂き、大きな岩石にかこまれ、円く半月形になった台地《プラトー》＝舞台」（工藤庸子訳）なのであり書物が描き出す情景としての舞台装置として現われるのだ。

山尾悠子にとって、空洞や螺旋や腸詰めの形態と重なる劇場の空間はおなじみのものだが、そこで上演される芝居のようでもある小説には、ウロコのたっぷりついた大蛇や薔薇色の脚の踊り子たちが、私の好みで言えばだが、ハリウッドの魔術師の一人バズビー・バークレー調の幾何学的人間万華鏡とも称すべき群舞を踊っていることを夢見させてくれそうだ。『飛ぶ孔雀』の四万坪ほどの敷地のQ庭園でおこなわれる茶会の描写で、「波柵」の竹細工の半円が重なってリズミカルな列となって芝生の迷路を形づくり、さらに「野点傘と大量のテントが入り混じった（略）どう見直しても絶対にあり得ない光景」の奇妙なというか無気味な唖然感は、前衛アーチスト、クリストの、日本の田園に大量の傘を配置するというアンブレラ計画を思い出させたりもするではないか。

だから、どうなのかと問われても答えるつもりはないのだが、たまたま何十年ぶりかに石川淳の随筆（澁澤龍彥編『石川淳随筆集』平凡社ライブラリー）を再読し、石川淳の文章の勢いにのって小説も読みかえすことになって、石川のあの独特な文体にひさびさに触れた眼からすれば、山尾悠子の文体に石川淳的なものの影響はあきらかのことのように思える。すでに触れたように、井上ひさしは内容に渡ってその相似を感じとったらしいのだが、内容ではなく、きっぱりと書くことの恥らいをたちきった文体という形式において――。

山尾悠子の新しい読者として私は、歌集『角砂糖の日』から

昏れゆく市街《まち》に鷹を放たば紅玉の夜の果てまで水脈《みを》たちのぼれ

を引用して、石川の『鷹』の冒頭「ここに切りひらかれたゆたかな水のながれは、これは運河と呼ぶべきだろう」と結びつけながら孔雀の空間へと考えていたのだが、『山

尾悠子作品集成』の解題に引用されている『夢の棲む街』一九七八年の出版時の書評に、稲垣足穂を連想させるはなやかなイメージだが「語り口は足穂以上に大人っぽく、とても若い女性の作品とは思えないほど堂々としており、皮肉なユーモアとすぐれた観念性は安部公房にも近いものでもある」とあるのを読んで、なぜその先の石川淳までたどりつけないのかと苛立たせられた（若い女性というものに対する、滑稽なコンプレックスまじりとしか思えない思いこみに対して、私は#MeTooなどと言うつもりはない）。浅学にして石川淳が鏡花について書いた文章を知らないとは言え、ここでは「コスモス」の花を通して二人の小説家を結びつけたいのである。

鏡花は「深川浅景」にいまだ大震災被災のあとが残る深川の家々の「野草《のぐさ》も生えぬ露《むき》出《だし》の背戸」の「どの家《うち》も、どの家も」花のたしなみがあり「……失礼ながら、欠摺鉢《かけすりばち》の松葉牡丹《まつばぼたん》、蜜柑箱《みかんばこ》のコスモスもありそうだが、やがて夏も半ば、秋をかけて、手桶《ておけ》、盥《たらい》、俎《まないた》、柄杓《ひしやく》の柄《え》にも朝顔の蔓《つる》など掛けて、家々の後姿《うしろすがた》は、花野の帯を白露に織るであろう。」と書く。

幼い日の浅草かいわいについて書く石川淳は「向島の堤のかなたにちとの畑が残っていて」園というほどの規模ではないが四季おりおりの花木が栽培されているのを見る。西洋種の草花が多く「ダリヤ、パンジイ、薔薇も少少、ネムの木、ゴムの木のたぐい」の中でもっとも目を打ったのは「ポプラの光る木立のはてに、波うって咲きみだれたコスモスの一むらであった。まさに絶景というほかない。」という簡潔な説明につづけてこの文章の、このうえなしに美しい最終部がやって来る。

「わたしは浅草のにぎやかな部分をうろついたあと、ときどきこのコスモスの一むらに来て、疲労も、興奮も、飢渇も、快楽も、ガキにはガキの哀歓も、宝物を埋めるように、あるいはガラクタを燃すように、すべてわたしの『西洋』の中にぶちこんだ。わたしの夢はおそらくそこから芽をふきはじめた。捨子の夢は火の夢である。わたしは『文学』を焼いていたのではないかとおもう。」(『新潮日本文学』33「石川淳集」月報・一九七二年九月)

ところでこの文章のタイトルは、御想像どおり「コスモスの夢」である。深川の蜜柑箱のコスモス(しゃらくさくこれを〝秋桜〟などと書く連中もいるようだが、鏡花も、カタカナでコスモスである)もなつかしいが、波打って咲きみだれる(おそらくは白とピンクの花のまじった)コスモスに私たちは、はっと胸をつかれる。もちろん、それは宇宙。さらに秩序ある大きな体系——。

読者はページを前に繰り、山尾悠子のコスモスを、石川淳風用語で言うならば、ただ心して、読むべし。

(作家)

初出
Ⅰ　飛ぶ孔雀　「文學界」二〇一三年八月号、一四年一月号
Ⅱ　不燃性について　書き下ろし
単行本　二〇一八年五月　文藝春秋刊

装画画像提供　八王子市夢美術館
阿部出版株式会社

文春文庫

飛《と》ぶ孔《く》雀《じやく》

定価はカバーに
表示してあります

2020年11月10日　第1刷
2020年11月25日　第2刷

著　者　山《やま》尾《お》悠《ゆう》子《こ》
発行者　花田朋子
発行所　株式会社　文藝春秋

東京都千代田区紀尾井町 3-23　〒102-8008
ＴＥＬ　03・3265・1211㈹
文藝春秋ホームページ　http://www.bunshun.co.jp

落丁、乱丁本は、お手数ですが小社製作部宛お送り下さい。送料小社負担でお取替致します。

印刷製本・大日本印刷

Printed in Japan
ISBN978-4-16-791595-7

（　）内は解説者。品切の節はご容赦下さい。

石田衣良
うつくしい子ども
九歳の少女が殺された。犯人は僕の弟！　なぜ、殺したんだろう。十三歳の弟の心の深部と真実を求め、兄は調査を始める。少年の孤独な闘いと成長を描く感動のミステリー。（村上貴史）
い-47-2

絲山《いとやま》秋子
沖で待つ
同期入社の太っちゃんが死んだ。私は約束を果たすべく、彼の部屋にしのびこむ。恋愛ではない男女の友情と信頼を描く芥川賞受賞の表題作。「勤労感謝の日」ほか一篇を併録。（夏川けい子）
い-62-2

絲山秋子
離陸
矢木沢ダムに出向中の佐藤弘の元へ見知らぬ黒人が訪れる。「女優の行方を探してほしい」。昔の恋人を追って弘の運命は意外な方向へ――。静かな祈りに満ちた傑作長編。（池澤夏樹）
い-62-3

いしいしんじ
悪声
「ええ声」を持つ赤ん坊〈なにか〉はいかにして「悪声」となったのか。ほとばしるイメージ、疾走するストーリー。五感を総動員して描かれた、河合隼雄物語賞受賞作。（養老孟司）
い-84-2

岩井俊二
番犬は庭を守る
原発が爆発し臨界状態となった国で生れたウマソー。成長しても生殖器が大きくならない彼に次々襲いかかる不運、悲劇、やがて見出す希望の光。無類に面白い傑作長篇。（金原瑞人）
い-103-3

内田春菊
ファザーファッカー
十五歳のとき、私は娼婦だったのだ。売春宿のおかみは私の実母で、ただ一人の客は私の育ての父……養父との関係に苦しむ少女の怒りと哀しみと性を淡々と綴る自伝的小説。（斎藤　学）
う-6-16

江國香織
赤い長靴
二人なのに一人ぼっち。江國マジックが描き尽くす結婚という不思議な風景。何かが起こる予感をはらみつつ、怖いほど美しい十四の物語が展開する。絶品の連作短篇小説集。（青木淳悟）
え-10-1

（　）内は解説者。品切の節はご容赦下さい。

江國香織・小川洋子・川上弘美・桐野夏生
小池真理子・髙樹のぶ子・髙村　薫・林　真理子

甘い罠
8つの短篇小説集

江國香織、小川洋子、川上弘美、桐野夏生、小池真理子、髙樹のぶ子、髙村薫、林真理子という当代一の作家たちの逸品だけを収めたアンソロジー。とてつもなく甘美で、けっこう怖い。

え-10-2

円城　塔

プロローグ

わたしは次第に存在していく——語り手と登場人物が話し合い、名前が決められ世界が作られ、プログラムに沿って物語が始まる。知的なたくらみに満ちた著者初の「私小説」。（佐々木　敦）

え-12-2

小川洋子

妊娠カレンダー

姉が出産する病院は、神秘的な器具に満ちた不思議の国……妊娠をきっかけにゆらぐ現実を描く芥川賞受賞作。「妊娠カレンダー」『ドミトリイ』『夕暮れの給食室と雨のプール』。（松村栄子）

お-17-1

小川洋子

やさしい訴え

夫から逃れ、山あいの別荘に隠れ住む「わたし」とチェンバロ作りの男、その女弟子。心地よく、ときに残酷な三人の物語の行き着く先は？　揺らぐ心を描いた傑作小説。（青柳いづみこ）

お-17-2

小川洋子

猫を抱いて象と泳ぐ

伝説のチェスプレーヤー、リトル・アリョーヒン。彼はいつしか「盤下の詩人」として奇跡のように美しい棋譜を生み出す。静謐にして愛おしい、宝物のような傑作長篇小説。（山﨑　努）

お-17-3

乙川優三郎

太陽は気を失う

福島の実家を訪れた私はあの日、わずかの差で津波に呑まれていたかも——。震災に遭遇した女性を描く表題作など、ままならぬ人生を直視する人々を切り取った短篇集。（江南亜美子）

お-27-5

荻原　浩

ちょいな人々

「カジュアル・フライデー」に翻弄される課長の悲喜劇を描く表題作ほか、少しおっちょこちょいでも愛すべき、ブームに翻弄される人々がオンパレードの抱腹絶倒の短篇集。（辛酸なめ子）

お-56-1

（　）内は解説者。品切の節はご容赦下さい。

荻原　浩
ひまわり事件
幼稚園児と老人がタッグを組んで、闘う相手は？　隣接する老人ホーム「ひまわり苑」と「ひまわり幼稚園」の交流を大人の事情が邪魔するが。勇気あふれる熱血幼老物語！（西上心太）
お-56-2

大島真寿美
あなたの本当の人生は
書けない老作家、代りに書く秘書、その作家に弟子入りした新人。「書くこと」に囚われた三人の女性の奇妙な生活は思わぬ方向に。不思議な熱と光に満ちた前代未聞の傑作。（角田光代）
お-73-1

尾崎世界観
祐介・字慰
クリープハイプ尾崎世界観、慟哭の初小説！　売れないバンドマンが恋をしたのはピンサロ嬢——。「尾崎祐介」が「尾崎世界観」になるまで。書下ろし短篇「字慰」を収録。（村田沙耶香）
お-76-1

開高　健
珠玉
海の色、血の色、月の色——三つの宝石に托された三つの物語。作家の絶筆は、深々とした肉声と神秘的なまでの澄明さにみちている。「掌《て》のなかの海」「玩物喪志」「一滴の光」収録。（佐伯彰一）
か-1-11

開高　健
ロマネ・コンティ・一九三五年
六つの短篇小説
酒、食、阿片、釣魚などをテーマに、その豊饒から悲惨までを描きつくした名短篇集は、作家の没後20年を超えて、なお輝きを失わない。川端康成文学賞受賞の「玉、砕ける」他全6篇。（高橋英夫）
か-1-12

川上弘美
真鶴
12年前に夫の礼は、「真鶴」という言葉を日記に残し失踪した。京は母親、一人娘と暮らしを営む。不在の夫に思いを馳せつつ恋人と逢瀬を重ねる京は、東京と真鶴の間を往還する。（三浦雅士）
か-21-6

川上弘美
水声
亡くなったママが夢に現れるようになったのは、都が弟の陵と暮らしはじめてからだった——。愛と人生の最も謎めいた部分に迫る静謐な長編。読売文学賞受賞作。（江國香織）
か-21-8

（　）内は解説者。品切の節はご容赦下さい。

川上弘美
このあたりの人たち
そこは〈このあたり〉と呼ばれる町。現代文学を牽引する作家が丹精こめて創りあげた不穏で温かな場所。どこにでもあるようでどこにもない〈このあたり〉へようこそ。（古川日出男）
か-21-9

川端裕人
夏のロケット
元火星マニアの新聞記者がミサイル爆発事件を追ううち遭遇する高校天文部の仲間。秘密の町工場で彼らは何をしているのか。ライトミステリーで描かれた大人の冒険小説。（小谷真理）
か-28-1

川端裕人
声のお仕事
目立った実績もない崖っぷち声優の勇樹は人気野球アニメのオーディションに挑むも、射止めたのは犬の役。だがそこから自らの信念「声で世界を変える」べく奮闘する。（池澤春菜）
か-28-4

角田光代
空中庭園
京橋家のモットーは「何ごともつつみかくさず」……普通の家族の表と裏、光と影を描いた連作家族小説。第三回婦人公論文芸賞受賞、小泉今日子主演で映画化された話題作。（石田衣良）
か-32-3

角田光代
空の拳（上下）
雑誌「ザ・拳」に配属された空也。通いだしたジムで、天涯孤独で少年院帰りというタイガー立花と出会い、ボクシングの魅力にとらわれていく。爽快な青春スポーツ小説。（対談・沢木耕太郎）
か-32-12

勝谷誠彦
ディアスポラ
〝事故〟で国土が居住不能となり、世界中の難民キャンプで暮らす日本人。情報から隔絶され将来への希望も見いだせぬまま懸命に「日本人として」生きようとするが……。（百田尚樹）
か-47-2

海堂　尊
ゲバラ覚醒
ポーラースター1
アルゼンチンの医学生エルネストは親友ピョートルと南米縦断のバイク旅行へ。様々な経験をしながら成長していく将来の革命家の原点を描いた著者渾身のシリーズ、青春編が開幕！
か-50-2